Nadolny · Providence und zurück

Isabella Nadolny

# Providence und zurück

*Roman*

List Verlag

Umschlaggestaltung: Gabriele Feigl, München
Umschlagmotiv: Margarete Macke, »Ibiskus«, Aquarell, 1962.
(Privatbesitz)

ISBN 3-471-78227-3

Neuausgabe 1989 Paul List Verlag in der
Südwest Verlag GmbH & Co. KG, München


Satz: Fotosatz Bruno Leingärtner, Nabburg
Druck und Bindung: May & Co., Darmstadt

*Meinen Freunden*

»Wenn du«, sagte mein langer Sohn, der einst der kleine Dicki gewesen war, »zum Beispiel nächsten Mittwoch losfährst, bist du Ende der Woche in Providence.«

Jenseits des Fensters, hinter seinem Kopf, lag der Garten grün und regungslos, ohne daß es geregnet hätte. Im Wetterbericht hieß so etwas: »Dunst, der sich stellenweise nur zögernd auflöst.« An der Wand neben ihm hing die Photographie seines Vaters, und man konnte kontrollieren, ob er ihm ähnlich sah. Ich fand im Unterschied zu anderen Leuten, er sehe ihm nicht ähnlich.

An der anderen Seite des Tisches, dort, wo das Licht weniger traulich, dafür aber brauchbarer leuchtete, saß meine Schwiegermutter und reparierte die Taille eines Kleides, von dem Mama gesagt hätte: »Kind, das hat sich amortisiert, schmeiß es weg.«

»Providence, wo liegt das?« fragte sie.

Im Meyer, Ausgabe 1905, stand »politische Hauptstadt des nordamerikanischen Staates Rhode Island, malerisch zu beiden Seiten des gleichnamigen Flusses hingelagert«. Dann kamen Einwohnerzahlen, die nicht mehr gültig waren, Kirchen, Synagogen, Taubstummenanstalten, Höhenmeter über dem Meere.

Im Wörterbuch aber stand: Providence, göttliche Fügung, Vorsehung, Schicksal.

In Providence wollte sich meine amerikanische Freundin mit mir treffen. Vor unendlich langer Zeit hatte sie, um deutsch zu lernen, mit uns in Schwabing gelebt, in der Wohnung der Elisabethstraße mit den hohen Stuckdecken. Mir hatte sie Englisch beigebracht. Ihr Haar war schwarz gewesen, fast bläulich, und sie besaß drei Abendkleider. Sie war mir um genau die drei Jahre überlegen, die nötig waren, um Mamas Ansicht nach die Tanzereien im Studentenhaus zu besuchen und hinterher ins Hotel Regina zu gehen – ein Ort, unter dem ich mir den Vorraum des Paradieses vorstellte. Ich beneidete sie glühend, was mich nicht hinderte, sie liebzugewinnen. Wir schrieben uns seit Jahren nur noch zu Weihnachten, sie meist auf der zweiten Seite einer zierlichen Glückwunschkarte mit SEASONS GREETINGS: Stechpalmen, Rotkehlchen oder Santa Claus mit seinen Rentieren.

Anläßlich von Michaels plötzlichem Tod hatte sie telegrafiert, nun einen längeren Brief geschrieben und mich gebeten, sie von Providence aus auf ihrer alljährlichen Reise die nordamerikanische Ostküste entlang bis hinunter zu den Florida Keys zu begleiten. Ihr sei die Fahrerei längst langweilig, aber sie müsse in ihrem Elternhaus nach dem Rechten sehen. Es könne amüsanter sein, es mir zu zeigen, und würde dadurch vielleicht aufgewertet.

Ihr wichtigstes Argument aber stand am Rand, quergeschrieben.

»Komm, hier warst du nie mit deinem Mann, hier

hast du keine Erinnerungen, vielleicht wird es hier leichter.«

Es war eine Hoffnung, trügerisch wie alle anderen auch, unwirksam wie die meisten Freundschaftsbezeigungen. Ich wollte nicht nach Providence. Zu Hause bleiben wollte ich auch nicht.

»Zuhause ist kein Ort, zuhause ist ein Mensch«, sagt der Spruch, und es ist wahr. Hier in diesem Sommerhaus war kein Zuhause mehr seit Michaels Tod, nur mehr ein Dach, unter dem mein Bett stand und ein paar Gegenstände aufbewahrt wurden, Erinnerungen an eine Zeit, die nie wiederkehrte.

Der Alptraum der Kindheit, der schlimmste, aus dem man weinend auffuhr und die Erwachsenen heranrief, war Wirklichkeit geworden, war stehengeblieben, wie die Grimasse, wenn die Uhr schlägt. Das Aufwachen im hell erleuchteten Zimmer, und beim Anblick der nächtlichen Schwärze draußen vor den Fenstern wissen, daß die anderen weggegangen, weggestorben sind und einen alleingelassen haben.

Schock ist ein hochwirksames Betäubungsmittel, aber es hält nicht an. Jeder Arzt, der im Krieg Verwundete betreut hat, weiß es. Die wohlerzogene Gefaßtheit am Anfang war trügerisch. Bald stellte ich fest, daß ich das Wort »Schmerz« bisher leichtfertig und nach Belieben für Kleinigkeiten eingesetzt hatte.

Die gleichen Ärzte, die mit aufgezogener Spritze neben mir gestanden hatten, wenn ich mich mit ausgesprungener Bandscheibe auf dem Bett krümmte, und teilnahmsvoll gefragt hatten: »Geht's noch?«, verweigerten mir jetzt, wo es nicht mehr ging, nach einer Weile die Medikamente und sagten: »Je eher Sie zum Bewußtsein Ihrer neuen Situation kommen, desto besser.«

Diese neue Situation, in polizeilichen Meldeblättern mit den vier Buchstaben »verw.« bezeichnet, war den Teilnahmsvollen bereits ein Faktum. Mir noch nicht.

Das Haus, in dem man jetzt die Uhren ticken hörte, hatte sich äußerlich wenig verändert. Geduckt lag es zwischen seinen Hecken, hinter denen Strand- und Badebetrieb quirlte mit immer lauter werdenden Kindern, die sich über zwanzig, dreißig Meter hinweg brüllend unterhielten. Die Hecke selbst, in der ein Großteil der von Bruder Leo gepflanzten Ligusterstauden erfroren war, bestand nur noch aus widerstandsfähigem Gestrüpp, zweimal jährlich nach Façonschnitt getrimmt.

Die Bäume waren riesig geworden. Die Weiden hatten wir in Michaels letztem Frühjahr fällen müssen, weil ihre Zweige bei Weststurm die Dachplatten aushebelten und die hölzernen Stirnbretter herunterwarfen. Monatelang traten die abgestorbenen Wurzeln noch an die Oberfläche, rötlich, armdick, zottig wie geheimnisvolle Tiere, und zwischen ihnen hin und wieder ein Stück porös gewordener Knochen, den der Schäferhund Ulf im Jahre 1933 für magere Zeiten vergraben hatte.

Die waren ja dann auch gekommen.

Die übrigen Bäume, Heimat zahlloser Vögel, deren Nester erst im Winter sichtbar wurden, hatten sich aus dem Boden geholt, was sie brauchten, und dafür den Rasen, einst Mamas Freude, vermoosen lassen. Die Marmorplatte, auf der Papa vor einem halben Jahrhundert seine Ölfarben selber gerieben hatte, bildete unter der Birke eine würdige Grabplatte für unsere letzte getigerte Katze. (Michael, der immer eine Neigung zur Christlichen Seefahrt gehabt hatte, meinte, wir hätten sie »mit Bordmitteln« bestattet.)

Die Hecke fing an unten undicht zu werden. Jahrelang war sie falsch geschnitten worden, und das rächte sich. Kleinere Hunde schauten bereits interessiert – oder teilnahmsvoll – zu mir herein und wedelten, wenn ich – zum ersten Mal in der Geschichte dieses Hauses – allein auf der Verandastufe saß.

In der Garage lagerten Holz und Gartengerät. Ihre Türen hatten sich gesenkt und schleiften beim Öffnen. Dadurch, daß die Gemeinde den Weg davor für Spaziergänger immer höher aufkieste, wuchs die Garage in den Boden hinein, wie man es in Bayern auch von alten Menschen sagt. Den Wagen hatte ich sofort nach Michaels Tod verkauft. Für meinen studierenden Sohn war er zu aufwendig, für mich undenkbar.

Das Haus, in dem man früher nach Bruder Leos Ansicht die Türen aufmachen mußte, um die Schuhe anzuziehen, war nun riesengroß und enthielt einige Zimmer, in denen nicht mehr abgestaubt wurde.

Hin und wieder kam mein Sohn aus fernen Städten angereist, reparierte das Nötigste im Haushalt und ging mit mir zur Abfallgrube vor dem Nachbarwäldchen. Dort brachte er mir auf meine Bitte bei, mit Michaels Kleinkalibergewehr zu schießen. In Dingen der Psychologie überdurchschnittlich bewandert, verlor er kein unnötiges Wort über die Auswüchse dessen, was die Ärzte als »Verlassenheitssyndrom« bezeichnen. Er verstand, daß ich mich ohne seinen Vater von Einbrechern, Mördern und Schändern bedroht fühlte.

»Wenn die kommen und in dies Häuschen eindringen wollen, zahle ich es ihnen heim«, versicherte ich schluchzend, aber entschlossen, und lernte, wo beim Gewehr hinten und wo vorne ist.

Seeham hatte damals noch keinen Glascontainer. Flaschen aller Art wurden frei in die Natur gekippt und standen als Ziel zur Verfügung. Durch ihr Geschepper beim Zerspringen boten sie eine gewisse Befriedigung.

Ernst und geduldig stand mein Sohn Wache, damit ich keine Katze traf, stellte neue Flaschen auf und sah mich nach und nach immer besser treffen, weil meine Hände nicht mehr so zitterten.

Eines Tages beendete er den Lehrgang mit: »Schön üben, Mami, und wenn die Einbrecher kommen, halt bitte auf die Füße.«

Dann reiste er wieder in sein eigenes Leben zurück.

»Sei froh, daß er manchmal kommt«, mahnte mich einer von Michaels Freunden. »Mir ist meine Mutter seinerzeit mit ihrer Witwenschaft so auf den Wecker gegangen, daß ich überhaupt nicht mehr nach Hause gefahren bin.«

Das war ein kerniges Wort zur Lage.

Schon immer liebte ich Geschichten, die gut ausgehen. Aber nicht die, bei denen der gute Ausgang eine Unwahrscheinlichkeit, eine Konstruktion ist. Auch ein Kind spürt, wenn gelogen wird.

(Die Köchin Zenta hatte, wenn ich ihr abtrocknen half, die Ballade von Mariechen gesungen, das weinend mit seinem ledigen Kind im Garten sitzt. Daß der stattliche Herr Kindesvater just in dem Moment an die Tür klopft, in dem Mariechen ihren Entschluß zum Doppelselbstmord zurücknimmt, ärgerte mich so, daß ich mich weigerte, weiter abzutrocknen.)

Was ich liebte und liebe, sind Geschichten, in denen das Chaos einen Schritt zurückweichen muß. Nicht das schöpferische Chaos, sondern das bedrohliche, die Vorhölle, aus der sich, wie ich ahnte, die echte Hölle entwickeln kann, vor unseren Füßen, oder dicht neben dem Stuhl, auf dem man sitzt.

Zum Beispiel die Geschichte von Fräulein T., die allein stand und deren Beruf mit »Nothelferin« angegeben wurde. Sie war häßlich wie ein überfahrener Frosch und geschmacklos angezogen, spleenig wohl auch. Man holte sie bei der großen Überschwemmung, als der Deich brach – da half sie evakuieren –, aber auch wenn eine Hausfrau erkrankte und das Dienstmädchen vor der möglichen Ansteckung davonlief. Man holte sie, als das Blindenheim brannte und zehn aneinandergeklammerte, schluchzende, blinde Mädchen zu betreuen waren. Sie beruhigte sie mit heißem Tee und den Liedern von Paul Gerhardt. Wo sie hintrat auf ihren krummen Beinen, wurde die Welt wieder geordneter.

Oder die Geschichte von der Nonne aus Gionos *Husar auf dem Dach*. Während der Choleraepidemie in Südfrankreich im vorigen Jahrhundert ist ihr Konvent geflüchtet. Sie bleibt zurück, um Vorräte gegen Plünderer zu bewachen. Sie findet es unpassend, daß die vielen Toten, die nachts auf die Straße gelegt werden, in unaussprechlich verdrecktem Zustand vor ihren Schöpfer treten, wäscht sie und legt sie ordentlich in eine Reihe. Wo ein Arm aus dem Fenster winkt, stapft sie die Treppe hinauf, eine derbe, dicke Nudel, die kaum lesen und schreiben kann. Droben drängen sich die Überlebenden zähneklappernd in einer Ecke zusammen. Die totale Ausweglosigkeit regiert. Angesichts von Szenen, die einem die Haare zu Berge treiben, fragt sie: »Wo ist die Kaffeemühle, wir brauchen Kaffee.« Oder »Wo sind die Schlüssel zum Wäscheschrank? Ich brauche neue Leintücher.« Aus dem verschreckten Haufen, der nichts mehr anzufassen wagt, löst sich die Gestalt mit dem Schlüssel. Sie nimmt ihn nicht. »Schließen Sie selber auf«, sagt sie, und plötzlich wird die Hölle wieder zum Haushalt, die Räder laufen an. Der Tod kann erneut zuschlagen, ohne die Ordnung der Dinge zu zerstören.

Ich habe diese Seiten oft gelesen. Sie nützen sich nicht ab. Sie veralten nicht. Sie stimmen zuversichtlich. Das Chaos herrscht dort, wo die Angst die stärkste aller Empfindungen wird.

Das Chaos herrscht aber auch dort, wo der Tod als Schmerzstiller, als einziger noch möglicher Fluchtweg herbeigesehnt wird. Wenn ein »weiter«, ein »morgen« nicht mehr vorstellbar ist, wenn es nicht mehr lohnt, das neue Gummiband in den Unterrock zu ziehen, die Blumen zu gießen, wenn man den Einkochzucker verschenkt, weil es keine nächste Beerenernte mehr geben darf, blockieren die Räder des Alltags. Da es kein »Zurück« mehr gibt und auch kein »Weiter«, bleibt nur eines.

Halb bewußtlos von den vielen Beruhigungstabletten wacht man auf, wenn man zufällig eingenickt ist, das Herz rast unter einem noch nicht wiedererkannten Schrecknis, und man fragt sich: »Hab ich es schon getan? Oder hab ich es nur tun wollen?« Jede Vernunft, jede Dankbarkeit, jeder Anstand, jedes Maß sind erloschen.

In ein solches Haus kam der einzige Mensch, der über mich noch Autorität hatte – Michaels Mutter. Bei mir war ihr Sohn gestorben, sie aber hatte ihn geboren. Sie war mir logischerweise die nächste, näher als jemals zuvor.

Klein und leicht geworden, entstieg sie dem Auto, das sie nach Seeham brachte, so undramatisch, als wolle sie nur eben mal nachsehen, was aus der alten Uhr mit den türkischen Ziffern geworden sei, die noch aus Konstantinopel stammte. Sie weinte nicht. Sie packte aus, hing zahllose Blusen über fast ebensoviele Kleiderbügel und sagte befriedigt: »Nun bin ich doch wieder einmal in eurem schönen Heim.«

»Eurem«, sagte sie.

Für sie war ihr Sohn noch anwesend. Sie brachte mir etwas zurück, was früher Contenance genannt wurde, und was man heutzutage manchmal als überflüssiges Korsett empfindet, den Zwang zur Haltung.

Ich hörte auf, mit gieriger Aufmerksamkeit Todesanzeigen und Selbstmordberichte zu lesen, aus Angst, sie könne es merken.

Ich mähte vor ihr den Rasen, weil es Michaels geliebter Garten gewesen war. Auf ihren Wunsch nahm ich bei Tisch seinen Platz ein, statt wie bisher auf meinem zu bleiben und auf den leeren Stuhl zu starren. Dem von mir wie zur Rechtfertigung zitierten Spruch »Weine, weine hunderttausend Tränen, er ist alle hunderttausend wert«, setzte sie mit liebevollem Eigensinn das Märchen vom überlaufenden Tränenkrüglein entgegen.

Von dem Augenblick an, an dem sie ihren Spazierstock an einen der zu vielen leeren Garderobehaken in der Diele hängte, schied sich der Schmerz vom Selbstmitleid wie die Veste von den Wassern am zweiten Schöpfungstag.

Sie hörte zwar nicht mehr ganz scharf, aber ich achtete doch darauf, daß sie mich durch die dünnen Holzwände nicht weinen hörte. Es hätte sie belastet. Ein einziges Mal konnte ich nicht mehr rechtzeitig bremsen und klammerte mich schluchzend an unseren blauen Kachelofen. Sie saß am Tisch und aß. (Nachmittags gegen fünf nahm sie ihre letzte Mahlzeit, um besser zu schlafen.) »Verzeih bitte«, sagte ich, »daß ich weine, während du ißt.« Sie antwortete: »Und du, liebstes Kind, verzeih, daß ich esse, während du weinst.«

Sie trug die Dose mit dem Silberdeckel aus dem Raritätenschrank im Wohnzimmer zum Eßtisch.

Sie hatte einst ihr gehört, ein Diplomatengeschenk, in dem sie Süßigkeiten anbot. Michael und ich hatten die Zuckerstücke von unseren Reisen darin gesammelt, und ich wollte sie nie mehr sehen, weil das so weh tat.

»So, jetzt nehmen wir die jeden Tag zum Tee«, beschloß sie, »lesen die Aufschriften, und du erzählst mir dabei, wie es dort war.«

Sie hörte gern zu, sie trieb mich zu immer eifrigeren Schilderungen an, erzählte selbst von ihren Reisen. Sie legte mir ihre herrliche alte Hand, auf der die Ringe mit den Steinen schon seitwärts rutschten, auf den Arm und sagte: »Es war ein schönes Leben mit den Nadolnys, nicht wahr?«

Sie ordnete mich ein, wieder zurück in die Reihe, in die ich gehört hatte, in die ich noch gehörte. Sie lehrte mich erkennen, daß mich der Tod nicht geschieden hatte.

Wenn ich morgens mit dem Frühstückstablett zu ihr ans Bett trat, steif in meiner Qual wie ein Verwundeter nach einer Nacht auf dem Schlachtfeld, saß sie sauber gewaschen da, den grauen Zopf artig über dem Bettjäckchen hängend, eine Serviette vor sich gebreitet – aufgeräumt in des Wortes eigentlicher Bedeutung und ohne jede Ungeduld. Ich hätte auch eine halbe Stunde früher oder später kommen können.

»Wie geht es dir heute, liebstes Kind?« fragte sie, und ich hörte mich antworten: »Gut, danke.«

Eines Morgens stellte ich fest, daß ich vergessen hatte, die Haustür zu verbarrikadieren. Die zarte, kleine Mami hätte mich gegen Einbrecher wohl kaum verteidigen können. Aber vielleicht ich sie. Nicht nur das Behütetsein gab ein Gefühl der Sicherheit. Auch das Behüten.

Zur Lektüre der auf ihrem Frühstückstablett liegenden Zeitung brauchte Mami lange, da sie außer der Brille auch noch die Lupe zu Hilfe nehmen mußte. Aber sie las sie gründlich. Orientiert zu sein, hatte einmal zu ihrem Diplomatenberuf gehört, und nun blieb es dabei. Nie hörte ich, wenn sie sie mir herunterbrachte, eine Bemerkung, wie sie bei einer fast Neunzigjährigen zu erwarten gewesen wäre. Etwa: »Ich verstehe die Welt nicht mehr«, oder »Wohin soll das nur noch alles führen?«

Bei den Studentenunruhen glaubte ich, nun würde sie kopfschüttelnd tadeln.

Ich stand gerade in der Küche und erlebte zum soundsovielten Mal, daß die Berührung mit Wasser auch meine Schleusen öffnete, ich heulte ins Spülbecken. Mami brachte die zusammengerollte Zeitung und schlug damit leicht über die Tischkante.

»Dreißigtausend Mark Schaden in der Universität«, sagte sie beinahe belustigt, »ein paar vernünftige Reformen wären billiger gekommen.«

Ihre fünf grundverschiedenen Enkelsöhne, untereinander durch nichts anderes verbunden als die Liebe zu dieser Großmutter, mischten sie ins Leben hinein. Es konnte etwas nicht schlecht oder gar indiskutabel sein, wenn es einen dieser Enkel anging oder interessierte.

Auch den, den ich geboren hatte.

Er kam gelegentlich zu Besuch aus fernen Gegenden – innerlich wie äußerlich fern –, von ihr mit begeisterter Zärtlichkeit empfangen. Sie redete ihn mit »Jungchen« an, also in einer Tonart, die ich mir nicht hätte erlauben dürfen.

Eines Abends, an dem man sich nicht so sehr wegen der Kühle vom See her als vielmehr wegen der Mücken Decken um die Beine wickelte, unterhielten sich Großmutter und Enkel am Gartentisch über Demonstrationen.

»Wenn du sicher bist, daß nur Demonstrieren was nützt, demonstriere ich mit«, sagte die alte Dame halblaut, aber dringlich.

»Laß mal, Omi«, erwiderte der Enkel, »dabei wird man sehr naß, wegen der Wasserwerfer, weißt du.«

»Einen Gummimantel habe ich ja.«

»Ja, aber der Strahl hat eine irrsinnige Gewalt, der reißt dich glatt um.«

»Und wie ist es bei Sitzstreiks?«

»Bei Sitzstreiks, Omi, sitzt man auf einem Stück Packpapier auf dem Boden, und dann kommt ein Uniformierter und sagt: ›Räumen Sie den Platz.‹ Und man sagt: ›Ich denke gar nicht daran.‹ ›Dann muß ich Sie entfernen‹, sagt der Uniformierte. Und dann winkle ich die Arme an und mache mich steif, dann kann er mich leichter wegziehen. Und dann achten wir beide darauf, daß das Packpapier weiter zwischen Boden und Hose bleibt, sonst ist sie bald durch.«

Befriedigt nahm die Großmutter zur Kenntnis, was sie längst gewußt hatte: daß die Welt nicht ausschließlich aus Brutalität besteht. Dann wickelte sie sich aus ihren Decken und ging auf ihr Zimmer, um zu packen. Morgen sollte ein Enkel sie heimfahren.

Sie trippelte noch lange zwischen Waschtisch und Bett hin und her. Ich hatte den Verdacht, daß sie in letzter Minute noch allerlei wusch und daß es bis morgen nicht mehr trocken würde.

Dann wurde es still.

Als ich die Treppe zu ihr hinaufstieg, dachte ich zum ersten Mal, daß sie große Ähnlichkeit mit meiner geliebten Großtante Ella hatte, jener »Tantella«, die einst aus mir ein artiges Kind hatte machen wollen und die uns verließ, als ich elf Jahre alt war.

Mit ihr war das Leben streng, aber überschaubar gewesen. Für Tantella brauchte man nicht hübscher, klüger oder erfolgreicher zu sein als andere, nur braver. Wer seine Pflicht tat, konnte im Leben nie wirklich unglücklich werden.

Ich glaubte es ihr, wie ich ihr alles glaubte. Wie wäre es, wenn sie jetzt noch gelebt hätte? Mit Nietzsches . . . »denn alle Lust will Ewigkeit« hätte ich ihr nicht kommen dürfen. »Ziege will 'nen langen Schwanz«, hätte ihr Kommentar gelautet, und der hätte mit einem mahnenden »Das ist nun nicht anders, nimm dich zusammen« geendet.

Ich sei kein Sonderfall, auch andere Frauen hätten ihre Lebensgefährten verloren. (Sich selbst hätte sie dabei nicht erwähnt, sie war bereits mit Mitte dreißig Witwe gewesen.)

»Schließlich hätte dein Mann ja auch im Kriege fallen können«, hätte sie gesagt und ihr strengstes Katzengesicht gemacht.

Sie entstammten einer wahrhaft formidablen Generation, diese alten Damen, unter denen man das Leben wie einen Teppich weggezogen hatte und die nun auf dem gleichen Gewebe an anderer Stelle standen.

Tantella war im Smolny-Institut in Petersburg erzogen worden, Mami Nadolny in einem Pensionat in Bad Kreuznach. Beide hatten unbegleitet und ohne Handschuhe nicht einmal zum Briefkasten gehen dürfen, hatten nicht nur Tanzstunden gehabt, sondern auch Anstandsunterricht. Schickte man sie mit einem jungen Mann ins Theater, hatten sie ihn beim Sprechen nicht anzusehen gewagt. Was ihre Lektüre betraf, so war die Hälfte alles dessen, was sie später lasen, verboten. Irgendwann zwischen Konfirmation und Verlobung bekamen sie den Gedichtband *Blüthenkranz* oder so ähnlich, mit Goldschnitt, »reich bebildert von den ersten Künstlern unserer Tage«. Er schloß etwa dort an, wo die Jugendbücher der großen Brüder aufhörten, jene zu dicken Bücher, mit Titeln wie *Deutsche Treue, Welsche Tücke*. (Welch passende Vorbereitung für eine Verheiratung ins Ausland.) Alles war übersichtlich geordnet: Bösewichte hatten, damit man sie gleich erkannte, einen flackernden Blick, unverhofft kam oft, ehrlich währte am längsten. Ernst nahmen die in Fischbein gezwängten jungen Damen diese Geschichten wohl nicht. Aber sie blieben auf phantastisch anmutende Weise unschuldig und steckten – bei allem gesunden Menschenverstand – voller Aberglauben. Gries war schlecht für den Teint, die Körner tauchten als Gänsehaut im Gesicht auf.

Wasserrosen durfte man nicht pflücken: Benedikte, die einen Arm voll gepflückt hatte, bekam am nächsten Morgen Diphterie. Pfauenfedern brachten Unglück. Mit den Leuten im Hinterhaus sprach man nicht, doch man grüßte sie – auch den Einbrecher, der eben den Keller ausgeräumt hatte.

Das Knicksen hörte ungefähr um die Zeit auf, als man sich die langen Haare aufstecken durfte und die ersten Monogramme in die Aussteuer stickte, nicht so sehr geleitet von Träumen von einem Zukünftigen als vielmehr dem Motto: »Daß ich lebe, ist nicht notwendig, wohl aber, daß ich tätig bin.« Wessen Chancen errechenbar schlecht standen, wurde in ein Stift eingekauft und mußte jedes Jahr vier Wochen dort probewohnen. Der endgültige Umzug dahin hatte Zeit. Für die Töchter gab es immer Gelegenheit, »tätig« zu sein. Bei fünf Mahlzeiten am Tag beschäftigte allein das Herausgeben der in der Speisekammer eingeschlossenen Vorräte genügend, das Abstauben des Krimskrams zwischen Samt und Plüsch und das Verfertigen sinnloser Handarbeiten, etwa Körbchen aus Brotteig, gefüllt mit künstlichen Blumen für eine kranke Freundin.

Für Tantella und Mami standen die Chancen nicht so schlecht, daß sie in ein Stift eingekauft werden mußten. Wurden sie jedoch am Vormittag mit einem Buch angetroffen, hieß es: »Der Mann, der dich mal kriegt, tut mir jetzt schon leid.« Und auf geäußerte Reisewünsche bekamen beide zu hören: »Nein, du kommst nicht mit nach Meran, du bleibst bei Großmama. Was soll denn dein Mann dir später noch bieten, wenn du schon alles kennst.«

Nein, sie kannten nichts, nicht einmal das Allernotwendigste.

»Wie hast du dir denn die Ehe vorgestellt, Mami?«

»Eigentlich überhaupt nicht. Wenn man erst verheiratet ist, dachte ich, wünscht man sich ein Kind, und dann kommt auch eines.«

»Aber Ihr habt doch vorübergehend auf dem Lande gewohnt, hast du denn bei den Tieren nie beobachtet . . .«

»Kind, auf so etwas achtete man nicht.«

Die Grazie der Pflichterfüllung, mit der sie den unausbleiblichen Schock überwanden, ist zu bewundern.

Man entließ sie in zwei Weltkriege, in steil aufsteigende Karrieren ihrer Ehemänner, in wirtschaftliche Zusammenbrüche und Einschränkungen. Sie überdauerten alles mit der anerzogenen Haltung, die es ihnen verbot, sich anzulehnen, sowohl innerlich wie äußerlich, und mit der man seine Wünsche, Forderungen und Ansichten zurückhält. Laotse sagt irgendwo: »Das Allerzarteste überwindet das Allerhärteste auf Erden.« Auf diese alten Damen trifft es zu.

Mami hatte, seit mehreren Jahren verwitwet, aus dem Rheinland nach Bayern ziehen wollen, um ihren Kindern näher zu sein.

Ihren Töchtern, aber auch ihrem Sohn, der in einem Dorf namens Seeham lebte und schrieb. Was sie nach dem Umzug dort vorfand, waren nur mehr sein Grab und eine vollständig aus der Bahn geworfene Schwiegertochter.

Auf dem kleinen abgelegenen Friedhof, auf dem im Winter die Hasen sprangen und zu dem der See herüberschimmerte, hatte sie die Größe besessen, tränenlos zu äußern: »Ich bin froh, daß er hier bei deinen Eltern ruht. Er war ja nur bei euch wirklich glücklich.«

Nie, niemals würde ich ein solches Format erreichen, mich eines Menschen, den ich geliebt hatte, so souverän zu entäußern.

Morgen wollte sie nun abreisen.

Als ich ins Zimmer kam, um ihr Gute Nacht zu wünschen, saß sie wieder auf viele Kissen gestützt halb sitzend im Bett, in einer Lage, in der keiner von uns hätte schlafen können, ganz gesammelt, als käme nicht nur die Nacht.

»Ich habe nachgedacht«, sagte sie. »Über deine amerikanische Freundin. Du solltest ihrer Einladung folgen. Sie hat im Haus deiner lieben Eltern in München mitgelebt, dich als halbes Kind gekannt. Gemeinsame Erinnerungen sind sehr wichtig. Reise in dieses Providence. Reise, mein Kind. Dort weiß niemand, daß du traurig sein mußt.«

Ich setzte mich zu ihr auf den Bettrand.

Wie um mir zuzureden, kam noch: »Wenn du es nicht aushältst, kannst du ja wieder umkehren.«

»Ich werde es mir überlegen«, sagte ich und zog ihre Hand an meine Wange.

Mir fiel eine Merkwürdigkeit wieder ein, auf die mich Papa einst aufmerksam gemacht hatte: der berühmte Trauspruch »Wo du hingehst, will auch ich hingehen«, ist gar nicht von einer Braut zu einem Bräutigam gesprochen worden, sondern von einer

Schwiegertochter zu einer Schwiegermutter. Ich erzählte es Mami. Sie war erstaunt.

»Doch, Buch Ruth, Kapitel I, Vers 16. Ich habe nachgeschaut.«

Sie lachte. »Da sieht man, wie unaufmerksam ich die Bibel lese.«

Vierzehn Tage später war ich auf dem Weg nach Providence.

Die Maschine der Billigfluglinie startete in Luxemburg, und zwar fast fünf Stunden später als vorgesehen.

Es sei aus Sicherheitsgründen noch eine Überprüfung notwendig geworden. Die zu kleine Halle des Flughafens faßte nur die Hälfte der Fluggäste. Es wartete noch eine andere Maschine. Im Grunde gab es nur Stehplätze, wie auf gewissen Klippen im Meer, auf denen nicht alle Vögel auf ihrem Zug eine freie Stelle zum Ausruhen finden. Dort fliegt auch immer ein Teil auf, während die anderen sich niederlassen.

Viele Jugendliche waren dabei, abwechselnd hinein und wieder hinauszuströmen, in Bluejeans, das Baby auf den Rücken geschnallt, in einer Art Metallständer, aus dem es dumpf heulte.

Zwischendurch wurden Gruppen von uns in Busse verladen und zu einem kalten Lunch in ein Restaurant gefahren. Ich bekam ein Telegrammformular, um die unglückliche Candy zu benachrichtigen, die inzwischen sicherlich schon zum Kennedy Airport unterwegs war. Ich füllte es aus. Das Telegramm hat seinen Bestimmungsort nie erreicht.

Wenn der Vogel der Billigfluglinie so wenig verläßlich war, mußte man damit rechnen, irgendwo ins Meer zu fallen. In diesem Fall hätte ich gern noch einen Brief an meinen Sohn geschrieben. Mir schien mit einem Mal, ich hätte ihm das Wichtigste nicht gesagt, nein, ihm im Grunde nie etwas Wichtiges gesagt. Ich wollte es unbedingt noch zu Papier bringen, ehe ich von der Erde abhob.

Er lebte sehr weit von mir entfernt, wenn auch innerhalb Deutschlands. Zwar hatte ich sein Unterkommen in der fremden Stadt gesehen, aber nicht genügend deutlich gemacht, wie sehr mir daran lag, seine tägliche Umgebung zu kennen, mit welcher inneren Bewegtheit ich sie sah, um ihm in Gedanken folgen zu können.

»Also in dieser Apotheke kaufst du deinen Hustensaft?«

»Manchmal.«

»Welches ist dein Bäcker?«

»Ich kaufe, wo es sich gerade trifft.«

»Macht Einkaufen dir keinen Spaß?«

»Nein.«

Man sagt nicht zu einem erwachsenen Sohn: »Es ist mir bitter notwendig, etwas über deinen Alltag zu wissen. Du bist alles, was mir geblieben ist. Ich liebe dich.«

Man sagt statt dessen: »Wo ist der zweite Socken zu dem blaugrauen Paar?« und »Ich fürchte, du mußt dich noch mal rasieren.«

Ich saß zwischen den teilweise übereinandergestapelten Stühlen in einer Hotelhalle in Luxemburg und versuchte, leicht und humorvoll etwas an meinen Sohn zu Papier zu bringen.

Die schöne Unbekümmertheit des »Ach was, was

soll schon passieren?«, die mich ein halbes Jahrhundert lang begleitet hatte, war verflogen. Seit dem Morgen, an dem Michael ohne Vorwarnung nicht mehr zum Frühstück heruntergekommen war, konnte alles passieren, war alles möglich. Auch daß diese offenbar liederlich gewartete Kiste über Grönland abstürzte. Was blieb dann im Gedächtnis eines Sohnes: das jammernde Tränentier von Mutter, die sich nicht mehr zurechtfand? Der es, seit der Vater fehlte, eine Katastrophe zu bedeuten schien, daß der Sohn andere Wege ging als die einer bürgerlichen Karriere?

Als ich die unwiderruflich letzte Fassung als blödsinnig und pathetisch zerknüllt und in den Papierkorb geworfen hatte, wurden wir in die Maschine gebeten, hastig, als sei nach so vielen Stunden noch etwas einzuholen.

Stundenlang saß ich, die Stirn ans Bullauge gedrückt, und sah hinaus durch die verfärbten Doppelscheiben.

Wie kam eigentlich der Schmutz dazwischen, man konnte sie doch gar nicht öffnen?

Die Erde, die schon im Dämmern versank, während uns in der Höhe noch eine Art Theatersonne anstrahlte, sah von oben genau so leer aus, wie sie mir seit Michaels Tod vorkam. Der Horizont bildete eine ungeheure Polarlandschaft, ins Maßlose vergrößert: getürmte Eisschollen aus Wolken, Eisfestungen von der Höhe eines Himalaya-Massivs, Gigantenstädte aus Eis, Ufer, an die nachts, kurz vor dem Aufwachen, die Träume anbranden.

Dahinter kam der Weltraum, der eigentlich schwarz ist, eine Warnung, die man von Zeit zu Zeit vergißt. Tief drunten zog das zu dicht besiedelte Land, zog der bedrohte Wald.

Wie sagt die unvergleichliche Kaschnitz: »Uns haben Gärten gehört, die wir gesehen, wir haben Häuser gebaut im Vorübergehen, wie von Schiffes Bug haben wir geschaut, auf der Flüsse Lauf, auf der Berge Zug . . .«

Es gab kein Wir mehr, oben nicht und unten auf der Erde auch nicht.

Als die Stewardeß durch den Mittelgang kam, korrekt nach rechts und links lugend, glaubte sie beim Anblick meines tränenüberströmten Gesichts den richtigen Einfall zu haben. Sie brachte mir mit ihrem freundlichsten Lächeln ein Glas Wasser und ein Aspirin.

Das Lächeln war am wichtigsten.

Meine Freundin Candy, seinerzeit Candace Amanda Elizabeth getauft, hatte sich kaum verändert. Eine Figur wie ein Taschenmesser, elegant gekleidet, über ihrem jungen, straffen Gesicht weißhaarig geworden, als trüge sie eine Rokoko-Perücke. Selbst ihr tiefes, kehlig-schnurrendes Lachen war noch das gleiche. Sie stand auf der Empore der Ankunftshalle im Kennedy Airport früh um drei Uhr, als sei das eine normale Ankunftszeit, und rief mir entgegen: *I suppose you feel like Columbus?* Ich war übermüdet und wie leicht berauscht. Vor ungefähr einer halben Stunde waren aus dem schwarzen Nichts des Atlantik unter uns plötzlich Funken aufgeflammt, waren zu glimmenden Perlenketten, zu rötlichem und grünlichem Gold geworden, zu Spinnennetzen, die eine samtene Schwärze säumten und in sie hineinliefen, wie Schmuck beim Juwelier auf der unteren Schräge des Schaufensters. Einzelne Spinnweben, etwa von der Größe eines Dorfes, waren in Wahrheit Millionenstädte. Sich vorzustellen, wie dort unten leere Straßen beleuchtet wurden, in den golden strahlenden Gebäuden kaum noch jemand wachte, war gespenstisch. Das also war die Küste der Neuen Welt, für Tausende von Auswanderern und Flüchtlingen das Land der Verheißung, der sichere Port.

Beim Weg durch die Ankunftshalle trat Candy plötzlich ein paar Schritt zur Seite, nahm eine sonderbar vornübergeneigte Haltung an. Sekundenlang dachte ich, sie wolle ausspucken. Dann sah ich, daß sie vom Strahl einer Fontäne trank, sehr geschickt, ohne etwas zu berühren, ohne sich die Kleiderfront vollzuplätschern. Ich hatte so etwas zwar in amerikanischen Filmen gesehen, aber nie bei einer Dame.

Der Wind auf dem Parkplatz war etwas wärmer als daheim, sonst war nichts ungewöhnlich. Freiheitsstatue und Wolkenkratzer schienen weiter weg zu liegen. Kein Fußgänger war zu sehen. Wir stiegen in einen Wagen und fuhren los.

Ich hatte das gleiche sonderbare Gefühl wie auf der Straßenbahn, wenn sie plötzlich abbiegt und man merkt, man ist in die falsche Linie eingestiegen. Ein Zurückwollen, ein Zurückweichen, ein inneres

Widerstreben gegen jeden Meter, den man vielleicht nachher zurücklaufen muß.

Was hatte ich mir davon versprochen, in ein fremdes Land zu fahren, zu einer mir seit Jahrzehnten fremd gewordenen Frau? Schmerzlinderung? Ich wußte es nicht mehr.

Laß es sie nicht merken, daß es eine Fehlentscheidung war, dachte ich. Sei höflich und artig, sie hat es gut gemeint. Sie hat dich für Wochen auf dem Hals. Spiel mit, ganz gleich, wie das Spiel ausgeht.

»Übernachten wir hier irgendwo oder fahren wir gleich durch bis Providence?« fragte ich und schaltete ein für allemal auf die fremde Sprache. Candy verstand nur noch wenige Brocken Deutsch. »*Tell you what*«, sagte sie, »wir fahren zunächst nach Connecticut, zu meiner Tochter. Das hier ist auch ihr Wagen. Auf meinem liegt ein Baum.«

Ich warf einen kurzen Blick zu ihr hinüber. Sie war undeutlich vom Armaturenbrett her beleuchtet. War das ein amerikanischer Witz und ich verstand ihn nicht? War es ein stehender Ausdruck: Auf meinem Wagen liegt ein Baum? Man weiß so wenig.

Sie redete ernsthaft weiter. »Verstehst du, die Versicherung muß ihn kontrollieren, dann erst kann er zur Reparatur. Je nachdem, wie lang das dauert – – na, wir werden sehen. Sag mal, hast du nicht gestaunt damals, als du hörtest, daß ich vier Kinder habe?«

Gerüche und Melodien bringen Vergangenes zurück. Stimmen auch. Photos weniger. Bei mir daheim in Seeham lagen Photos von Candy und den Ihren. Sie hatten wenig ausgesagt.

Der Motor summte, ich war schläfrig und zugleich überwach, ich mußte angestrengt zuhören, verstand auch das ungewohnte Amerikanisch nicht immer sofort. Es geschah mir, was mir bei späten Sendungen am Fernseher geschieht: Auf dem Schirm erscheinen Bilder, es wird gesprochen, und vor den noch immer geöffneten Augen verwandelt sich der Film in einen anderen, in einen geträumten, den es nicht gibt. Die Stimme blieb.

Hatte ich mich nicht als Kind nach einer Operation im Pariser Krankenhaus beruhigt, weil ich draußen auf dem Korridor Mamas Stimme zu hören glaubte, die endlos mit einer Schwester sprach? Sie war längst nach Hause gegangen.

Als man mir nach Michaels Tod ein Band vorspielte, auf das er den Bericht über unsere letzte Spanienreise für einen kranken, im Moment unbesuchbaren Freund gesprochen hatte, erwartete man Tränenausbrüche, äußerste Erschütterung, vielleicht sogar Schock. Was eintrat, war unerwartet.

Ich hörte seine Stimme, die Welt war wieder in Ordnung, bei diesem Klang war das Fürchterliche nicht geschehen, alles rückte wieder an seinen Platz. Ich legte den Kopf auf die Arme und schlief sofort ein. Ich hatte tage- und nächtelang nicht mehr schlafen können.

Candys Stimme, mit den kleinen Lachern dazwischen, brachte meine Backfischzeit, brachte die Wohnung mit den hohen Stuckdecken in Schwabing zurück. Ich war nicht ausgezogen, mein Glück zu machen, ich hatte es nicht gefunden und nicht verloren, das Leben lag noch vor mir.

Candy war wieder zwanzig, ihr Haar war rabenschwarz mit bläulichen Lichtern darin. Wenn sie von der Universität zu Fuß in die Elisabethstraße zu uns heimgelaufen war, kam sie manchmal zu spät zum Essen. Dann blieb sie schuldbewußt in der Eßzimmertür stehen, die Klinke noch in der Hand, wiegte den Kopf, verdrehte die Augen und stieß ein spaßiges Stöhnen aus.

Plötzlich wußte ich wieder, wie die Schritte auf unserem Korridor geklungen hatten, roch das Gemisch aus Bohnerwachs und Ölfarbe aus Papas Atelier, freute mich aufgeregt auf die Tanzstunde, ärgerte mich über verfehlte Aufsatzthemen, litt an gekränktem Schulehrgeiz, sang Schlager wie »Du traumschöne Perle der Südsee« oder »Es führt kein anderer Weg zur Seligkeit«, las beim Zahnarzt die Fortsetzungen eines Vicky-Baum-Romans, was Mama nicht gern gesehen hätte. Und irgendwann stand dann plötzlich Candy bei uns im Salon, sah die riesenlangen Brüder, sah die zu vielen Bilder übereinander auf den brauntapezierten Wänden und sagte verständnisinnig: »*Oh, I see!*«

Sie war nach München gekommen, um ein Jahr lang als Gast an der Uni zu hospitieren, bei einer deutschen Familie zu wohnen und deutsch zu lernen. Alles, was ich nicht durfte, durfte Candy, denn sie war zwanzig. Sie bekam Blumen. Sie bekam Besuch von Verehrern. Wenn die Leni das Klingeln nicht gleich hörte, machte ich ihnen die Wohnungstür auf.

So wie Candy wollte ich später leben, vor oder nach meiner ungeheuren Karriere. Nur wo, das war noch ungewiß.

»Es wird sich finden«, sagte Mama, drehte an ihrem Ring und musterte mich auf eine Art, die besagte, daß es da viele, aber auch besorgniserregende Möglichkeiten gäbe.

Zu ihrer ersten bayerischen Laugenbrezel hatte Candy gesagt: »Oh, was eine schreckliche Kuchen!« Zum Liebfrauendom: »*Isn't it a bit like the Asam?*«

Ihre Stimme war die gleiche geblieben. Sie erzählte immer noch. Ich wollte ihr so gern zuhören, das konnte sie wirklich verlangen nach der stundenlangen Warterei auf Kennedy Airport.

Aber ich schlief ein.

Ich bin es nicht. Wirklich nicht.

Früher hätte ich einen Witz gemacht und gesagt, ich sei vielleicht irgendwo unterwegs ausgestiegen und nicht angekommen. Auf englisch kann man so was nicht. Man übersetzt ja nicht nur Wörter, man drückt sich anders aus. Kompliziertes, Ausgefallenes verbietet sich. Ich konnte nicht sagen, daß in Andersens Märchen der Sandmann in der Nacht den Jungen durch den Rahmen in das Bild hineinführt. Außerdem ist es kein Bild, in das man mich geführt hat, sondern es sind viele übereinandergelegte Titelblätter der großen, illustrierten SATURDAY EVENING POST. Weißgestrichene große Holzhäuser, Vorder- und Hinterveranden mit Fliegengittern, uralte Bäume, Kinderdreiräder in der Einfahrt, keine Zäune zwischen den Grundstücken, man weiß nicht, wo das eine aufhört und das nächste anfängt.

Gestern nacht fuhren wir in so ein Bild hinein, etwas abwärts, in eine Garage.

Im Schlafrock kam uns eine Märchengestalt entgegen, Schneewittchen, so weiß wie Schnee, so rot wie Blut, so schwarz wie Ebenholz mit langen, offenen Haaren, Candys Tochter.

Candy und ich bezogen Doppelbetten im einzigen Gästezimmer.

Über ihren Erklärungen, für welche Riesensumme sie in letzter Minute ihr Strandhaus hatte vermieten können, in das wir ursprünglich hatten ziehen wollen, dämmerte der Morgen.

In diesem Haus stehen immer alle Türen offen. Das Badezimmer ist nicht verschließbar, die Kinder haben den Schlüssel verspielt. Womit auch immer man beschäftigt ist, es stürmen Kinder herein. Schneewittchen scheint deren drei zu haben, es können aber auch fremde dabei sein.

Gestern versuchte ich mich nützlich zu machen. Ich fuhr auf einem zu niedrigen Rad in den Supermarkt einkaufen. Es ist ein schönes Villenviertel, ohne wirklich häßliche Stellen. In einem Vorgarten, in einer leicht zum Gehsteig geneigten Rasenfläche war ein Schild eingerammt, groß, nach hinten mit einer Strebe abgesichert. Darauf stand: *I love you. That O.K?* Unterschrift: *Jesus.*

So etwas hatte man mich noch nie gefragt.

Beim Heimkommen waren wieder viele, viele Kinder da. Nur zwei, so erfuhr ich, gehören Schneewittchen. Sie sind alle ungefähr im gleichen Alter, sie stoßen sich gegenseitig um, nehmen sich die Spielsachen weg und heulen durchdringend. Verboten ist ihnen nichts. Deswegen wirkt wohl auch die Einrichtung des großen Wohnraums so seltsam kopflastig: Alles Kostbare, alles Zerbrechliche ist nach oben geräumt, aus ihrer Reichweite. Bücher, Platten, Fotoalben, Vasen. Dafür kann man den Boden nicht überqueren, er ist bedeckt von Plastikspielkram, extrem häßlichen Karikaturen von Spielzeug.

Heute ist alles ein wenig anders, weil die Pendler zu Hause sind, die Ehemänner, Väter, Brüder. Sie waschen ihre Wagen, sie reparieren das Nötigste, sie spielen mit ihren Kleinen. Wo Bayern liegen könnte, wissen sie nicht so genau, doch sie dulden mich als Gast, sind sehr liebenswürdig, sehr gastfrei.

Einer fragte mich, ob ich die *local antiques* schon gesehen hätte, und fuhr mich freundlich zu einer Brücke mit angebautem Rundturm. Ziegel. Entstehungsjahr 1888. Es war Efeu dran gewachsen, immerhin.

Mami hatte recht. Hier weiß keiner, warum ich traurig sein muß. Ich könnte ja immer so gewesen sein. Ich spiele die Normale. Auch Behinderte entwickeln ein gewisses Geschick, ihre Mängel zu verstecken. Ich lasse mir nicht anmerken, daß kein an mich gerichtetes Wort mich wirklich erreicht, kein Anblick wirklich bis auf den Grund meines Bewußtseins dringt.

Wir verbringen fast den ganzen Tag auf der gedeckten Veranda zur Straße, der *porch*. Bei großer Hitze wird auch dort geschlafen. Auch die vielen jungen Nachbarinnen von Schneewittchen strömen dort zusammen. Außer Liegen und Gartenstühlen steht da eine Singer Nähmaschine. Nähen kann man darauf nicht mehr. Sie ist mehr als eine Art Happening gemeint. Ich sehe ein, daß die schmiedeeisernen Speichen des Schwungrades sehr dekorativ sind.

Ich kann Schneewittchens Nachbarinnen jetzt schon besser unterscheiden, doch sehen sie sich tatsächlich ähnlich. Sie sind zutraulich, ungehemmt, unkonventionell, liebenswürdig und fast alle schwanger, was sie mit dem neckischen Wort »*preggy*« für *pregnant* bezeichnen. Keine trägt Schuhe, höchstens mal alte Sandalen, alle tragen ausgefranste Bluejeans und verrutschte, verblichene T-Shirts oder zu große Männerhemden. Dabei sind ihre Häuser mindestens 500 000 Dollar wert. Sie verteilen anscheinend ihre Ausgaben anders. Sie sind ideale Mütter, geduldig, hilfsbereit, humorvoll. Sie haben keine Nerven und dafür drei Paar Augen, von denen nur eines nach vorne gerichtet ist, mit den beiden anderen können sie durch Wände sehen, was hinter ihrem Rücken geschieht.

Mitten im Satz rufen sie unvermittelt zur Nachbar-*porch* hinüber: »Gloria, gib acht! Andy hat einen Hammer erwischt.« Der Gedanke, Andy den Hammer wegzunehmen und in eines der unerreichbar hohen Fächer zu legen, kommt ihnen nicht.

Der Begriff *community*, der sich mit ›Gemeinschaft‹ so schlecht übersetzen läßt (vielleicht ist das Wort auch nur aus Zeiten des Dritten Reichs verstunken), scheint hier vorbildlich zu funktionieren. Jedenfalls sind sie in manchem ein Ganzes. Sie helfen sich ohne viele Worte gegenseitig aus. Jede weiß, wo bei der anderen der Hausschlüssel liegt, wo der Verbandkasten ist, das Telefon, die Kaffeemaschine.

Heute früh hörte ich, wie die eine zur anderen sagte: »Wir müssen uns um Edna kümmern. Sie hat einen kleinen Schlaganfall gehabt. Na ja, fünfundsiebzig. Sie weiß es noch nicht, das mit dem Schlaganfall, und hat nachts die Polizei gerufen. Heather bleibt heute nacht bei ihr. Soll ich morgen für sie kochen, oder machst du das? Ach nein, du mußt ja zum Zahnarzt, was? Gut, dann bitte ich Nancy.«

Ich bewundere sie. Trotz der etwas rüden Art, mit der sie aus dem Vorgarten der presbyterianischen Kirche her von Jesus angerufen werden, haben sie etwas begriffen, das man nicht überall antrifft.

Meine Hausfrauenjahre hindurch – die meisten waren von Krieg, Nachkrieg oder dem bekannten Küchenmeister Schmalhans bestimmt – habe ich mich um ein relativ festliches Frühstück für meine Gäste bemüht. Weniger beim Was, als beim Wie. Wenn möglich, paßten die Papierservietten zu den Blumen, und ich stand lange in der Küche, lauschte nach oben und wartete, damit die verschlafen die Treppe herunterwankenden Logiergäste sofort heißen Kaffee bekamen und nicht erst höflich frierend herumstehen mußten.

Das alles scheint hier nicht üblich. Ich habe nie einen gedeckten Frühstückstisch bei Schneewittchen angetroffen. Hat der Gast erst begriffen, wo der Eisschrank steht, hat er sich selber zu kümmern. Im Bademantel an der Wand lehnend, kippen Candy und ihre Tochter riesige Gläser eisgekühlten Orangensaft in sich hinein, der bei uns daheim Magengeschwüre hervorrufen würde. Kein Tischtuch. Die Becher passen nicht zueinander, die, von den Kindern alsbald umgeworfen, größere Pfützen hinterlassen, als Tassen es getan hätten.

Es sind die gleichen Gastgeber, die keine Sekunde zögern, ihren Besuch stundenweit zu fahren, um ihm etwas zu zeigen, oder ihn in teure Restaurants einzuladen.

Es ist noch immer nicht klar, wie es mit unserer Reise weitergeht. Ich frage nicht mehr. Es ist mir nicht wichtig, ob ich hier bin oder dort, oder in Providence. Was wollte ich da überhaupt?

Die Eichhörnchen sind nicht rot wie daheim, sondern grau. In den gewaltigen hohen Bäumen rufen nicht Vögel, sondern Baumfrösche. Der Pudel der Nachbarin flieht vor der Katze, nicht umgekehrt.

Ich sitze auf der *porch*, als einzige Erwachsene, durchfeuchtet von zwei Kleinkindern auf meinem Schoß.

Drinnen im Haus, unter dem Aschenbecher, an der Kühlschranktür, kleben Zettel mit der Überschrift *Dear Isabel.* Das bin ich. Ein alleinstehendes Wesen aus Bavaria, Westdeutschland, Europa. Ich werde, so meinen die flatterhemdigen jungen Schönen, sie sicherlich gut vertreten, denn ich bin weiblichen Geschlechts, stämmig und habe selbst geboren.

*Dear Isabel*, geht es auf den Zetteln weiter, »bitte Andy um 10 h die Tropfen geben. Wenn er sie spuckt, Tropfen in eine halbe zerdrückte Banane mischen.«

Oder: »Achtung, Susan spült gern alles in die Toilette!«

Oder: »Frische Windeln für Sean auf dem Mitteltisch im Schlafzimmer.«

Manchmal steht vor den unleserlichen Unterschriften *Love*. Die habe ich nicht verdient.

B.M., gesprochen Biii Emmm, steht für »*Bowel Movement*«, Eingeweidebewegung, ein ärztlich-wissenschaftlich klingender Ausdruck. Es heißt nichts anderes als unser deutsches A-a, und kommt in der täglichen Unterhaltung mit Kindern unter zwei Jahren häufig vor. Im Lexikon steht es nicht.

Von unserem Keller müssen die Kinder ferngehalten werden. Dorthin hat sich ein Skunk verzogen, viele Äpfel angebissen und keinen manierlich aufgefressen. Wenn man ihn stört oder zu vertreiben sucht, wehrt er sich auf eine Weise, die den Keller, ja sogar das Haus unbewohnbar macht.

Neben mir, fast über mir tobt Sean. Er kann 30 Minuten hintereinander brüllen – ich habe auf die Uhr geschaut. Er ist der Lauteste und riecht am sauersten, aber er hat die einzige interessante Geschichte. Er ist kein Wunsch-, kein Konventionskind. Seine neunzehnjährige ledige Mutter ist während ihrer Schwangerschaft vom Vater verlassen worden. Eine Institution der *community* hat bei Schneewittchen angerufen.

»Das Mädchen kann nicht heim zu seinen Eltern. Es will sich eine Stellung suchen. Sie braucht ein Zuhause. Sie verdient eine hilfreiche Hand.«

Schneewittchen besann sich nicht lange. Sie nahm Mutter und Sohn in ihr Parterrezimmer, dicht neben der ganztägig laufenden Waschmaschine. Macht ihr wirklich ein brüllendes Kind mehr oder weniger nichts aus? Ihr eigener Kleinster weint jetzt immerzu, weil Sean ihm alles wegnimmt, ihn umrennt, und auch, weil er vorübergehend die zweite Geige spielen muß.

Schneewittchens Mann ist auf Reisen als Handelsvertreter oder so etwas. Vielleicht wird alles anders, wenn er heimkommt. Vielleicht ist das hier eine Art Frauenrepublik?

Erst war es schrecklich, allein zu sein. Jetzt ist es schrecklich, nie mehr allein zu sein.

Ich habe mich davongestohlen, ohne alle, ohne Sportwägelchen, an den Strand.

Das Meer ist hier so still, weil wir am Long Island

Sound liegen. Weit fort ist das echte, wilde Meer, man ahnt es am Geruch und an den adlergroßen, hochmütig blickenden Möwen, die gar nicht zu vergleichen sind mit dem flinken, frechen Kleinzeug daheim an meinem oberbayerischen See. Ein Mäuerchen trennt den Ort vom eigentlichen Strand, die *seawall.*

Ich gehe den menschenleeren, schmutzigen Strand entlang, durch die raschelnden Seegrasstreifen, die aussehen wie angeschwemmte alte Plakate. Im Schlick halbvergraben liegen Muscheln, einige haben die Form der Jakobsmuschel, sie sind Miniaturausgaben der Coquille St.Jacques aus der Pariser Kochschule, Miniaturausgaben des Wahrzeichens der Shell-Oil, einer Weltmacht, und der Muschel am Pilgerhut. Wenn man eine Linie zieht über das Meer, liegt am anderen Ende das Ufer von Santiago de Compostela, wo sich schon eine Straße nach den Sternen gerichtet haben soll, längst ehe der sanfte Jakobus dort angespült wurde und Wunder tat. Am anderen Ufer des gleichen Atlantik, sogar auf dem gleichen Breitengrad. Wie wenig Land, wie viel Wasser doch auf der Erde ist. Sie dürfte gar nicht Erde heißen. (Leb wohl, o Erde, o du Tal der Tränen . .)

Lange klebte daheim an meiner Tür zum Wohnzimmer die Doppelseite aus einer Illustrierten: eine Aufnahme vom Mond aus. Im Vordergrund, dem Standpunkt des Betrachters, meinem Standpunkt, lag ein Stück fahlbraune Mondwüste. In der Ferne schwebte die Erde, die Welt der Lebendigen, der am

Leben Teilhabenden, ein weißblauer Ball mit Goldeinsprengseln, ein Juwel, ein Traum, umzogen von perlmutterfarben glänzenden Nebeln, die von den vielen Wassern der Erde aufsteigen und ihr Wetter bestimmen.

Das Bild hatte mich wehmütig und zärtlich berührt, wie das Jugendbild eines geliebten Menschen.

Man kann hier nicht nachts weinen. Candy im anderen Bett hört es.

Candy hat früher hier lange gelebt und hat viele Bekannte von damals hier. Sie wird von vielen Veranden her mit freudigem Zuruf begrüßt, sie möchte auch überall Adieu sagen, ehe sie wieder in den Süden fährt. Wir werden oft unvermutet hereingebeten und es gibt Drinks. Manchmal, vom Strand kommend, sind wir barfuß und haben nasse Sachen der Kinder über dem Arm.

Weil ich von so weit her komme, werden mir freundliche Fragen gestellt. Berchtesgaden, auch Salzburg, sind manchmal bekannt.

Meine jetzige Existenz in kurze Sätze zu fassen, verstärkt das Gefühl, Auskunft über jemand Fremdes zu geben. Sie wissen nicht, daß sie mit einer Übriggebliebenen sprechen, und was ich sage, klingt ganz plausibel.

Bei einem solchen improvisierten Drink-Besuch erfahre ich, daß wir bald zu Candys Sohn nach New York fahren, den sie lange nicht gesehen hat.

Wenn es gerade paßt, kneift Candy ein Auge zu, deutet auf mich und erklärt: »Sie ist aus Bayern hierhergekommen, um hier eine Serie Schocks verpaßt zu bekommen.«

Und dann lacht sie ihr Siphonlachen, wie damals in Schwabing in der Elisabethstraße, als ich noch den Schlagertexten glaubte und es nicht erwarten konnte, erwachsen zu werden.

Nachts klingelte plötzlich das Telefon. Niemals, auch hier nicht, ruht das Angstgefühl, es könne für mich sein. Mir fällt ein, daß es sogar bei Frisören, die man zwischen zwei Zügen in einer fremden Stadt aufsucht, das gleiche war.

Es war Candys Älteste, sie wollte mit ihrer Mutter sprechen. Sie sprach von früh um zwei bis gegen drei auf sie ein und Candy kam – für ihre Verhältnisse geradezu aufgelöst – wieder in unser Doppelschlafzimmer zurück und stieß ein hohes piependes Knurren aus.

Ihre Älteste hatte ihr (unter Einfluß von Alkohol?) alles vorgeworfen, was sie ihr jemals angetan seit der Geburt. Candy habe sie falsch erzogen, ihr stets die Geschwister vorgezogen, sei schuld dran, daß sie mit Männern nicht zurecht kam. Zum Schluß, berichtete Candy, habe sie sich zu der Behauptung verstiegen, das Leben der Mutter sei *a fake*, ein Betrug, ein Schwindel.

Candy hatte den Hörer nicht in die Gabel geknallt. (Ich hätte es vielleicht getan.) Sie hatte entgegengenommen und verziehen. Verwirrt und halbverschlafen versuchte ich mich zu erinnern, wie oft man seinen Kindern verzeihen soll. Sieben mal siebzig mal? Oder sieben mal siebzehn mal?

Eine weitere halbe Stunde sprach nun Candy selbst, mehr zu sich selbst als zu einer Mit-Mutter.

Nach allem, was ich hörte, kam mir diese Tochter vor wie die Heldin der Kolumne: »Ist diese Ehe noch zu retten?« In gewisser Weise schien sie mir typisch für das, was ich über junge Amerikanerinnen gelesen hatte.

Candace römisch zwo war ein wildes Temperament, darauf aus, als erste in ihrem Kreise unter die Haube zu kommen und so ihren persönlichen Erfolg zu manifestieren. Sie hatte eine Traumhochzeit gefeiert – viel nachgeworfener Reis, 100 Eingeladene, ihr Bild in allen Zeitungen der lokalen Presse, in der Kirche reichte die Schleppe des Brautkleides bis ungefähr zur vordersten Bank. Ebenso rasch, ebenso begeistert hatte sie zwei Kinder geboren. Als ihre Gewalt über den jungen Ehemann nachließ, machte sie seinen Charakter und seinen Beruf für das Ausbleiben des ihr verheißenen immerwährenden Happy-Ends verantwortlich. Nach stürmischen Szenen ließ sie sich scheiden. Der große Chirurg und Chefarzt James ließ nicht durchblicken, wie er über das Verhalten der Tochter dachte und zog sich mit einem *Let her do what she pleases* aus der Affäre. Candy aber war traurig. »Ich habe Oliver immer so gern gemocht«, klagte sie um den verlorengegangenen Schwiegersohn.

Die Tochter versuchte es mit einem zweiten Partner, auch diese Ehe wurde unglücklich. Irgendwann schien sie das Beliebtsein – und darin war sie führend gewesen – mit dem Geliebtwerden verwechselt zu haben, mit dem »großen Vielleicht« Balzacs.

Schon als ich sie einmal in Europa kurz kennenlernte, hatte sie etwas Flimmerndes, Bitteres; in ihren Wortkaskaden tauchten verächtliche Bezeichnungen für die Männerwelt auf. Sie wußte wohl auch nicht, daß man all seine Mitmenschen ein klein wenig lieben muß, um einen einzigen wirklich lieben zu können.

»Irgendwann ist alles sauer geworden«, sagte Candy im Nebenbett. Als ich zum letzten Mal zu ihr hinüberschaute, saß sie mit verstrubbeltem weißem Haar aufrecht im Bett und suchte nach den Fehlern, die sie bei der Aufzucht dieses Kindes gemacht hatte. Ich hätte gern die weise Alte gespielt, ihr gesagt, daß »Fehler« manchmal unendlich weit zurückliegen, aber ich wußte erstens nicht, ob das Wort »prenatal« im Englischen das gleiche bedeutete und wollte zweitens nicht zu klug daherreden. Ich hätte ihr auch gern zum Trost gesagt, daß man niemand, auch nicht den eigenen Kindern, anders helfen kann als dadurch, daß man da ist, und auch das war nicht meine Erkenntnis, die hatte mir mein Sohn beigebracht, und beherzigt hatte ich sie immer noch nicht.

Am nächsten Morgen war keine Rede mehr von dem ganzen Thema.

Ich habe auf Befragen, was mir bis jetzt in Amerika aufgefallen sei, eine Bemerkung über die ewig offenstehenden Türen gemacht. Candy nahm sie freundlich auf, wie sie die Aussage eines Ortsfremden oder eines Kundschafters aufgenommen hätte, und benutzte die Gelegenheit, sich nachträglich darüber zu wundern, daß sie einst in München in der Elisabethstraße ein Jahr lang mit uns gelebt hätte, ohne je Mamas Schlafzimmer zu sehen.

Was um Himmelswillen hätte ein zahlender Gast in Mamas Schlafzimmer zu suchen gehabt?

Im Lexikon steht unter »privacy« Zurückgezogenheit, Ungestörtheit, Abgeschiedenheit, aber die meine ich gar nicht.

Wir werden per Bahn nach New York fahren. Von amerikanischen Eisenbahnen habe ich schon etwas gewußt, als ich mit Papa ins Grottenkino in der Belgradstraße ging, aus vielen Filmen. Diese Kenntnisse begleiteten mich.

Uniformierte, höfliche, augenrollende schwarze Porter, elegante Pullmanwagen, in denen nachts Vorhänge vor Betten zugezogen werden – im oberen Bett manchmal jemand sehr Schönes, in späteren Filmen dann Marilyn Monroe.

Aber auch wackelige Eisenbahnwaggons mit steifen Lehnen, mit Strohstühlen auf einer Plattform am Schluß des Zuges, auf denen man nebeneinander sitzt, Heiratsanträge macht und annimmt, Grobheiten und Drohungen austauscht und in Sonderfällen Bösewichte, die eine Dame belästigt haben, k.o. schlägt. Die weit klaffenden Augen der blicklosen Schönen in Großaufnahme sollen Entsetzen ausdrücken. Sanft abrollend kugelt der Stuntman vom schotterigen Gleiskörper ins Gebüsch.

Manchmal sieht man das ganze Innere des Waggons, im Stummfilm erkannte man nur am Aufspringen und der übertriebenen Mimik der Wackeren, uhrkettenbewehrten Getreidehändler und schutenbehüteten Hausfrauen, daß nun draußen Indianergeheul hörbar wurde. Dann klatschte der erste Pfeil ins Abteil.

O ja, ich kannte amerikanische Eisenbahnen.

Schneewittchen fuhr uns zur Station. Wer das deutsche Kriegsende erlebt hat, glaubt, es gebe in Sachen Waggons keine Überraschungen mehr. Ich hatte mich geirrt.

Daß es kein Pullmanzug sein würde, nicht sein konnte, war bei der kurzen Strecke nach New York anzunehmen. Diese Waggons aber stammten aus der Abstellhalde, vielleicht aus dem Eisenbahnmuseum. Sie klapperten, rasselten, kreischten und schrillten so laut, daß Candy und ich Zettel schreiben mußten, wenn wir uns etwas mitzuteilen hatten.

Sämtliche Sitze waren zerschlagen, schief, aufgeschlitzt, der Boden bedeckt von Abfällen und Zigarettenkippen, die Fensterscheiben gesprungen. Hie und da fehlte auch eine. Manche waren bis zur Undurchsichtigkeit verschmiert; man hätte sie mit dem Messer abkratzen müssen, um etwas draußen zu sehen.

Das Tempo des Zuges schien sich zu beschleunigen. Mein Herz fing an zu stolpern, ich atmete flach. Woher kannte ich das Gefühl und auch das Geräusch? Dann fiel es mir ein: Aus Günter Eichs Hörspiel *Träume*.

Die Menschen sitzen in einem Zug, sie sehen nichts, weil die Fenster vernagelt sind, und sie sagen zueinander: »Wie lange ist es her, daß wir unser Haus verlassen haben? Wie lange ist es her, daß wir in diesem Wagen fahren . . .«

»Merkt ihr es nicht? Es hat sich etwas verändert . . .«

»Fahren wir nicht schneller . . .?«

»Ja, es wird immer schneller.«

Wie ein Basso ostinato in der Musik setzte in meinem Inneren ein drohendes, unheimliches Pochen ein und begleitete alles, auch die Einfahrt in New York.

»Interessiert es dich, die Wohnung meines Sohnes zu sehen?« hatte Candy gefragt, und ich hatte erwidert: »Ja, sehr.«

Zu den Konventionen, die auch durch die härteste Trauerarbeit nicht verdrängt werden, gehört der Wunsch, ein dankbarer, ein angenehmer Gast zu sein. Ein angenehmer Gast interessiert sich für das, was sein Gastgeber ihm zeigen will.

Der Weg zu Candys Sohn war weit. Zwischendurch gingen wir sogar ein Stück zu Fuß.

Auch New York »kenne« ich. Max Frisch sagt, daß man in diesem Zeitalter der Reproduktion vieles mit eigenen Augen gesehen hat, ohne je dort gewesen zu sein. Auch ich bin Fernhörer, Fernseher, Fernwisser.

Hier sind die Kreuzungen, die nachts menschenleer sind und von jaulenden Polizeiautos überquert werden. Biegen die nicht in die Hinterhöfe? Durchbricht nicht hier der flüchtende Verbrecher mit seinem Wagen Film-Mauern aus aufgestapelten Kartons? In den Bürohäusern, Türmen aus geschwärztem, blendfreiem Fensterglas, sitzen die schlaksigen Manager, anzusehen wie Clark Gable, von ihren Vorzimmerdamen mit Vornamen angeredet, disponieren über Millionen und haben dabei die Beine auf den Schreibtisch gelegt.

Aus dem Aufzug des Luxushotels drängt sich Cary Grant, auf dem Weg zum Erfolg, auf dem Weg zu einer widerspenstigen Schönen. Hoch darüber, auf den Dächern, rollen, miteinander ringend, der Gute und der Böse an den Rand des Abgrunds über der Straßenschlucht, bis der Böse mit einem Schrei abstürzt.

In den zwölfstöckigen Kasernen mit Feuerleitern, in denen die Einwandererfrauen für die Kleiderfirma zehn Stunden täglich um Hungerlohn nähen, enden die Träume vom besseren Leben jenseits des großen Teichs. Grausige Höfe sehen aus, als fände man darin in Zeitungspapier verpackte Leichenteile, und die trüben, öligen Wasser des Hudson sind dazu verdammt, nichts mehr zu spiegeln.

Nichts ist mehr überraschend, es sei denn die Fülle. Wieviele Menschen gehen auf einem Gehsteig nebeneinander? Sechs? Acht? Man kann sie nicht mit den Augen verfolgen, es sind zu viele. Einem jungen Schwarzen schaue ich nach, er schreitet so graziös wie ein Panther, platzt vor Selbstbewußtsein. Sein Anzug ist aus Krokodilleder, das Weiße in seinen Augen ist fast zu weiß. Schultern und Hüften schwingen bei jedem Schritt tänzerisch mit. Mit ihm verglichen tappt ein Europäer wie der Golem auf seinen Lehmfüßen.

Ich lasse Candys Hand nicht los, wie ein großes, ungeschlachtes, geängstigtes Kind. Wenn ich hier verlorengehe, versinke ich wie ein Stein. Candy braucht nur in einem Laden zu verschwinden. Wenn ich hier tot umfalle, werden die anderen über mich hinwegsteigen, wie dort hinten über den Betrunkenen, den Drogenbetäubten, den zerlumpten Sterbenden. Doch nein, er stirbt noch nicht, er findet noch die Kraft, uns Vorübergehende anzuspukken.

Darüber werde ich Mami nichts schreiben. Auch nicht, daß die zu kleine Kathedrale vor dem zu hohen Wolkenkratzer verdreht und unästhetisch wirkt.

War es in der Schule, wo man mir beibrachte, die Griechen hätten ein bestimmtes Höchstmaß bei den Städten als harmonisch empfunden und alles, was darüber hinausging, abgelehnt?

Das Amerikanisch, das die im Coffee-House bedienenden, verschlafen wirkenden Inder sprechen, versteht auch Candy nicht.

Im Meditationsraum des UNO-Gebäudes blendet ein hellerleuchteter gläserner Block. Er sollte die Konzentration erleichtern. Ein Mann lag davor auf den Knien, das Gesicht in den Händen. Es wäre ein schöner Gedanke, er sei damit beschäftigt gewesen, den Frieden für alle Völker herbeizuzwingen. Ich ging auf Zehenspitzen hinaus.

Die Wohnung von Jack, Candys Sohn, ist sehr elegant, am hellen Tage gedämpft beleuchtet, und sie hat Möbel mit dünnen Beinen und riesige Lampenschirme. Ein Kinderzimmer ist offenbar nicht dabei, vier Kinder spielten kniend vor gewaltigen Damastsesseln und ließen darauf Spielautos mit sehr scharfen Blechrädern hin- und herfahren, wie um die Polster zu zerschneiden.

Wie so oft erfahre ich erst hinterher die Zusammenhänge. Zwei Kinder gehören Jack, sind nur »auf Besuch« da, leben gewöhnlich bei seiner geschiedenen Frau, der sie zugesprochen wurden. Die beiden anderen sind ebenfalls nur zu Besuch da. Sie sind ausnahmsweise mitgekommen in Jacks Wohnung, mit ihrer Mutter, seiner derzeitigen Lebensgefährtin, die geschieden ist. Sonst leben sie beim Vater. Wie um da etwas auszugleichen, sind die Kinder förmlich eingebaut in Süßigkeiten. Es klebte schon alles, *ehe* Candy ihr Mitgebrachtes auspackte.

Rührenderweise freuten sich alle vier Kinder, uns zur U-Bahn begleiten zu dürfen, blieben dann aber samt den jeweils halben Elternpaaren oben am Treppenschacht, wo wir Abschied voneinander nahmen.

Die U-Bahn war fast noch lauter und schmutziger als die Eisenbahn. Eine Verständigung war auch hier unmöglich, man lächelte sich zu, zuckte die Achseln. Die Graffiti außen und innen an den Wagen erinnern an die Zeichnungen der Geisteskranken, die ich einmal auf einer Ausstellung gesehen hatte: zugleich giftig aggressiv, obszön und dilettantisch, Zeichnungen, die sich Tertianer heimlich auf der Toilette zeigen. Oberhalb der in bunten Kreiden dicht bei dicht ausgeführten ›Kunst‹

schwebten teilnahmslos und traurig die Gesichter der Fahrgäste.

Candy meinte, ich müsse unbedingt das Empire State Building sehen. Ich meinte es auch. Irgendwie erhoffte ich mir von so hoch oben einen Überblick in höherem Sinne, vielleicht die Erkenntnis, daß ich tatsächlich in New York war.

Die Fahrt hinauf dauerte lange, man mußte schon vorher am Lift anstehen. Oben war es windig, wie überall hoch oben über Städten. Candy vermied es, angesichts des Rundblicks beifallheischend: »Na?« zu fragen.

Sie sagte nichts und band sich ihren Schal um den Kopf.

Auch diese Licht- und Schattenschluchten aus Stein hatte ich oft im Film gesehen. Doch dann hingen sie mit einer Geschichte zusammen, mit der Geschichte erfundener oder wirklicher Menschen. Diesmal waren keine Menschen mehr dabei. Es war nicht einmal vorstellbar, daß sich hinter diesen Fensterlöchern Menschen aufhielten. In der Ferne glitten auf metallner Oberfläche spinnendünne Boote, auch sie scheinbar ohne Insassen. Über uns zogen die Wolken lebendig und rasch und warfen Schatten in die Termitenbauten.

Ich habe noch nie von einem Berggipfel in ein Tal geschaut und daran gedacht, daß der Ort drunten durch Naturkatastrophen zerstört werden kann. Hier spürte ich den Erdstoß, den durch Apparate vorausberechenbaren, aber nicht abwendbaren, den noch nie dagewesenen Sturm, der das zu Hohe hinunterwirft und drunten das Chaos auslöst.

Ein Ruck genügt. Die Lifts in den Schächten verkeilen sich, die obersten Plattformen neigen sich und schütteln alles ab: Da nutzen die eingesetzten Hubschrauber nichts, sie starten zu spät. Niemand kommt aus dieser Stadt mehr lebend heraus.

Hier oben ist es unbegreiflich, daß sich mit Katastrophenfilmen Geld verdienen läßt. Daß sich Leute finden, die sich die apokalyptischen Visionen freiwillig ansehen.

»Du bist ein bißchen grün um die Kiemen«, sagte Candy.

»Ich bin nicht schwindelfrei«, sagte ich.

In dem Raum, der andernorts das Türmerstübchen gewesen wäre, gab es Bilder zu kaufen. King Kong, wie er zähnefletschend an Wolkenkratzern herumturnt, umzuckt von Blitzen. Es gab sie in drei Größen.

Noch etwas gab es in drei Größen. Die betenden Hände von Dürers Mutter, Metallrelief, auf Holz montiert.

»Sie werden gern gekauft hier oben«, sagte der Verkäufer.

Wir sind wieder in Connecticut. Das Heimkommen in Schneewittchens Haus war nur insoweit eine Überraschung, als auch mitten in der Nacht alle Türen offenstanden.

Candy ging auf Zehenspitzen ins Schlafzimmer der Tochter, ich folgte ihr und sah sie, das schwarze Haar fächerförmig auf dem Kissen ausgebreitet wie im Glassarg. An sie geschmiegt der Siebenjährige, der tagsüber nicht zugab, auf den kleinen Bruder eifersüchtig zu sein, und der jetzt schlafend seine Rolle als Hausherr spielte, weil Daddy doch so selten da war. Die Stirn noch immer mißmutig gerunzelt.

Die lieben Kleinen waren über meine Wachstuchtasche geraten, die Kulturbeutel heißt, und hatten ihren Inhalt zerspielt. Mit dem Rudiment einer Zahnbürste behalf ich mich.

Was außer der Skyline alle Eindrücke New Yorks überdauert, ist etwas nicht für New York Typisches. Es bleibt hartnäckig im Gedächtnis. In einem Stadtviertel, dessen Namen ich nicht mehr weiß, bat ich Candy, das Taxi halten zu lassen. Harlem war es übrigens nicht.

Alte Backsteingebäude waren dort, ohne Baum und Strauch, hoch, kahl, die Fenster teilweise ohne Scheiben, über den Fensterrahmen hinaufleckende schwarze Zungen, Spuren von Wohnungsbränden. Hier war vermutlich der Versuch eines »warmen Abbruchs« mißglückt.

Die Haustür war zwar verkratzt und das Schloß zerstört, aber sie war noch einklinkbar. Die Abfälle aus mehreren Etagen waren ins Treppenhaus gekippt worden: Scherben, zertrümmerte Möbel, faulige Matratzen. Irgendwo oben im sechsten Stock wedelte Wäsche vom Geländer wie die Notflagge von Gestrandeten.

Hatte, wer hier noch seine Wäsche wusch, noch

eine letzte Chance? Oder hatte ich zu viele Geschichten aus *Reader's Digest* gelesen?

Es war heiß und stank aufdringlich. Von hoch oben, aus Richtung der Wäsche, plärrte überlaut ein Schlager, dessen Text in einer anderen Welt geschrieben war.

Zufällig kam kein Mensch.

Neben dem hervorquellenden Seegras aus einer der Matratzen im Lichthof des Treppenhauses rührte sich etwas, und als ich genauer hinsah, war es eine Ratte.

Sie flüchtete nicht. Mit gestreckter Kehle bewegte sie witternd den Kopf hierhin und dorthin. Nicht sie war der Eindringling, sondern ich.

Ich preßte beide Ellbogen an den Körper und blieb stocksteif stehen, als habe sich eine Kobra vor mir aufgerichtet.

Die Ratte sah mich durchdringend an. Sie verdeutlichte mir etwas, was ich immer schon gewußt, aber verdrängt hatte. Sie bestand darauf, daß ich es zur Kenntnis nahm.

Nichts auf der ganzen Reise hatte mich bisher wirklich erreicht so wie dieses. Da stand ich, satt, gut angezogen, wurde hergefahren, hatte in einem anderen Kontinent ein nicht mehr intaktes, aber noch bewohnbares Heim, wurde nicht verfolgt, nicht gequält, eine privilegierte Weiße mittleren Alters in einem Elfenbeinturm ichbezogenen Schmerzes. Keine Steine flogen mir entgegen, die ich im Taxi kam und etwas besichtigte, das es nicht geben durfte.

Die wenigen Minuten waren lang, in denen ich

nicht unterscheiden konnte, ob ich außer mir oder aber in mich gegegangen war. Schließlich bewegte sich die Ratte, schnüffelte herum in der gleichen Art, in der Katzen einem zeigen, wie gleichgültig man ihnen ist, und verschwand im Seegras.

Candy fragte mich, was ich denn so lange gemacht hätte und war erstaunt über meine vielen Fragen. Die wenigsten wußte sie wirklich zu beantworten, sprach von Sanierungsmaßnahmen der Stadtverwaltung, von Wohlfahrtsorganisationen privater Art, von Regierungsprogrammen.

Vielleicht lag es an den vielen Ausdrücken, die es im Alltagsenglisch nicht gibt, daß alles so vage blieb.

An Mami habe ich geschrieben, daß ich viel Interessantes sehe, daß Candys Sohn gern in New York lebt und mein Sohn gern dort leben würde, und wie erstaunlich viel Kraft die beiden haben müssen, und daß einen das zuversichtlich stimmen könnte.

Als Nachschrift habe ich erwähnt, wie sehr Michael und ich uns immer gewünscht hatten, ins Guggenheimmuseum zu kommen, und daß daraus nichts geworden ist. Sie hätte sonst vielleicht gedacht, daß ich ihr zuliebe Schönfärberei betreibe, und sie hört sehr scharf mit den Ohren des Herzens, eigentlich immer schärfer, seit die äußeren Ohren schwerhörig werden.

Ich glaube, ich weiß jetzt, wie den Schafen im Gebirge zumute ist, wenn sie die Salzlecke suchen: so unruhig und unbehaglich, wenn auch ohne Schmerzen und ohne Hunger. Ich vermisse die Musik. Ich habe seit Wochen (sind es womöglich schon Monate?) keine Musik mehr gehört; das ferne Plärren aus offenstehenden Autotüren, während Schaum und Wasser eines Wagenwäschers über die Karosserie laufen, zählt nicht. Neulich im Wagen fiel mir die Melodie von Ravels *Tombeau de Couperin* ein, und ich sang sie. Candy freute sich, daß ich so vergnügt war. Bei mir hat Singen mit Vergnügtsein nichts zu tun.

Sie versuchte mitzusingen, es klang so lieb, wie bei einem Jungen im Stimmbruch.

Wir sind wieder unterwegs. Nicht nach Süden und nicht nach Providence.

Das Gespräch über diesen Plan fand wieder einmal im Doppelschlafzimmer statt, das etwas von einem Zweierzimmer im Mädchenpensionat hat.

Ob mir viel daran läge, Providence zu sehen? Sie habe es mir doch ursprünglich als Reiseziel angeboten, weil sie früher dort gewohnt habe und weil ihr Bruder noch dort wohne. Er habe vorhin angerufen. Es seien alle im Haus krank, wir könnten nicht hinfahren. Ob ich sie statt dessen nach Norden begleiten wolle, ins Haus ihres zweiten Sohnes Steve, nach Boston?

Ich versicherte ihr glaubhaft, mir liege nichts an Providence, und sie schien erleichtert. So weit, zu wissen, woran mir wirklich liegt, bin ich noch nicht.

Was hat Freund Felix zu mir gesagt, als wir zusammen in seinem Auto fuhren, ich ganz in Schwarz? »Das Leben ist eine ungeheure Macht, es nimmt sich immer neue Masken vors Gesicht.

Wenn ich dir jetzt, wo du nichts dringender wünschst, als zu sterben, einen Revolver an die Schläfe setze, du würdest den Kopf wegziehen, mich um ein paar Tage Aufschub bitten, weil du noch dein Testament machen und deine Kleider verschenken willst. Das sind die Tricks deines Lebenswillens, der dich bei der Stange halten möchte. Mach es ihm leichter. Achte auf alles, was dir in diesem jetzigen Zustand noch auffällt, registriere es, behalte es. Wann du schläfst, wann du nicht schlafen kannst, wann dir leichter wird, bei welcher Gelegenheit und wie lange. Denk an die Gefangenen, die man in dunkle Verliese gesperrt hat und die verrückt geworden wären, hätten sie sich nicht an diese Regel gehalten. Dort nämlich bist du jetzt, in einem dunklen Verlies.«

Ich hätte ihm gern gesagt, daß jetzt manchmal der Schmerz einer Art Taubheit weicht, einer Taubheit, die an den Zahnarzt erinnert: Dort, wo die Spritze wirksam wird, fehlt einem ein Stück Mund.

Die fremde Sprache hilft.

Der Tag war kühl und windig, an dem wir aufbrachen. Das Laub hatte sich gefärbt, gefiederte Wolken standen über dem Meer. Hoch über uns zogen Vogelschwärme nach Süden.

Wieso beeilte sich Candy nicht, auch dorthin zu kommen, zu ihrem Mann, in den ewigen Sommer, in ein Meerwasser von 25 Grad?

Wenn man im Auto nebeneinandersitzt und eine lange Straße entlangfährt, kann man sich nicht ansehen. Dann tritt ein sonderbarer Beichtstuhleffekt ein. Man sagt sich Dinge, die man sich nicht »ins Gesicht sagen« würde. Die Landschaft fließt heran und bleibt zurück, und in diesem ständigen Wechsel kommt allerlei zutage, was man so noch nie gesehen hat, nicht aus dieser Distanz des Unwirklichen.

Nur so war es auch zu erklären, daß Candy kurz hinter dem Schild »275 Meilen« (von wo aus zählt das eigentlich und wohin?) sagte: »Also, du warst fünfzehn, als ich von München fortfuhr. Damals wolltest du Schauspielerin werden. Und dann?«

Ich sah den mißmutigen Backfisch wieder vor mir, der überall und für alles zu jung war. (»Wart's doch ab, Kind, das kommt alles noch.«) Den die durch Filme und Zeitschriften angeheizten Wünsche juckten und der eine Welt anstrebte, eine ganz eigene, ganz zauberhafte, weil er nicht wußte, daß er schon drin war.

»Und dann«, sagte ich, »sind wir nach Paris gezogen.«

Und nach einer Pause: »Weißt du noch, das Häuschen in Seeham war ganz neu, als du bei uns warst, und das frische Holz zog so viele Stechfliegen an?«

»O ja, das weiß ich noch«, sagte Candy und richtete etwas am Rückspiegel. Sie war vor ihrer Rückkehr in die Staaten bei uns draußen gewesen, mit ihrem Freund, ihrer großen Liebe. Wir hatten zusammen gelacht, gebadet, gerudert, Pilze gesucht. Die beiden hatten wohl gewußt, daß sie in Amerika nicht zusammenbleiben konnten, aber sie blieben fröhlich.

Nur einmal, oben auf dem Balkon, auf dem noch

die Packkisten aus München standen, hatte Candy sich am Querbalken fürchterlich den Kopf gestoßen, das Wasser war ihr in die Augen geschossen, erst hatte sie spaßhaft gestöhnt, dann ihr Gluckerlachen gelacht, dann gleichzeitig gelacht und geweint und schließlich nur noch geschluchzt, ohne aufhören zu können. Der Freund war zu ihr getreten, hatte die getroffene Stelle mit zärtlichen kleinen Lauten gerieben und zu ihr gesagt: »Nur zu, nur heraus damit.«

Eigentlich war wohl dies die Stunde des Abschieds fürs Leben gewesen. Und ich hatte in der Tür gelehnt und dabei zugesehen.

»Das mit den Stechfliegen ist dann später besser geworden«, sagte ich, als sei nur dies wichtig. »Man hat die Tiroler Ache reguliert und dadurch die meisten Mückenbrutplätze zerstört.«

Candy kurbelte das Fenster herunter und wieder herauf.

»Ich habe ihn dann nur noch einmal wiedergesehen«, sagte sie zusammenhanglos. »Er hat geheiratet und soll inzwischen gestorben sein. Und du? Du bist also nicht zum Film gegangen?«

»Unsinn, die hätten mich doch gar nicht genommen. Hätten die Eltern mich öfter ins Kino gehen lassen, so oft, wie die heutigen Kinder fernsehen dürfen, hätte sich der ganze Zauber bald abgenutzt«, sagte ich und dachte daran, wie ich in den Sendlingertor-Lichtspielen nicht in einen Erwachsenenfilm eingelassen worden war. Und dabei hatte ich noch extra Mamas Topfhut aufgesetzt, den mit der Straßagraffe vorn.

»Nicht einmal auf die Schauspielschule bin ich gegangen. Ich habe tippen gelernt und Steno, dann eine Stellung angenommen in Berlin, viele interessante Menschen kennengelernt und den interessantesten geheiratet. Wir haben 27 Jahre miteinander gelebt, wovon Krieg und Gefangenschaft uns sieben gestohlen haben.« Eine sehr simplifizierte Inventur, klang aber plausibel.

An uns vorüber zogen nur Tankstellen, Drive-In-Abholmärkte und Reklameschilder. Es waren immer die gleichen, und nach einer Weile glaubte ich, wir führen rückwärts. In der Ferne erkannte man fabrikähnliche Gebäude, die vermuten ließen, daß es dort auch nicht interessanter aussah.

Ich erwartete, gewissermaßen im Gegenzug, Candys Geschichte, doch sie kam nicht. »Ich glaube, du hast großes Glück gehabt«, sagte sie behutsam.

»Wer übrig bleibt, zahlt teuer«, sagte ich unnötig patzig. Es schien mir amerikanisch genug und hörte sich an wie ein Filmtitel. Das paßte. Die bayerische Anekdote aus dem Krankenhaus der kleinen Kreisstadt ließ sich schlecht übersetzen. Da war einer zu einem frisch Amputierten getreten und hatte zu ihm gesagt: »Freu dich, daß du überhaupt mal zwei Beine gehabt hast.« Und nach einer Pause: »Und außerdem . . . Ich kenn einen, der ist mit nur einem Hax'n auf'n Watzmann.«

Nicht der Hinweis war falsch gewesen, sondern der Zeitpunkt.

Der Mann konnte noch an nichts anderes denken als an das, was vorher gewesen war.

Wie ich jetzt.

Fast alle Autobahnraststätten der Welt sind unerfreulich und sehen sich fatal ähnlich. Dort, wo Candy einkehrte, waren nur bemerkenswert: die übertrieben luxuriösen Toilettenräume und die Bemerkungen, die an die Kachelwände der Kabinen gekritzelt waren. Man lernte viel neues Englisch dort.

An den Tischen hingen die Speisenden kandelaberartig über ihren Papptellern und bissen in zu hohe Dreidecker, deren Füllung ihnen zu beiden Mundwinkeln herausquoll. Bei dieser Art von Eßkultur würden die Kinder keine Manieren lernen. Doch, es gab auch anderes auf der Speisekarte, doch wurde es seltsam zusammengestellt. Vor gekochtem Fisch mit Kakao hätte jeder französische Dockarbeiter sein Antlitz verhüllt.

Über den grellbunten Tischsets – Landkarten voll Lobpreisungen des Staates, in dem die Raststätte lag (holdselige, von Urlaubsfreude strotzende Familien, Vater, Mutter, ein Junge, ein Mädchen. *The country to have fun in . . .*) – sahen Candy und ich einander wieder in die Augen und traten dadurch im Verstehen einen Schritt voreinander zurück.

»Wie nett, daß ich nun auch deinen zweiten Sohn kennenlernen werde«, sagte ich höflich, eine Bemerkung, wie sie Mami und Tantella angestanden hätte.

»Du wirst ihn nicht kennenlernen«, sagte Candy. In ihrer Kehle stieg das Gluckerlachen auf und blieb stecken. »Ich habe gestern mit meiner Schwiegertochter telefoniert. Steve hat sich den Kopf kahlscheren lassen und ist mit seinem Guru nach Indien gereist. Wir fahren trotzdem in seine Wohnung zu seiner Frau. Sie wird dir gefallen.«

»Aha«, sagte ich, die Ahnungslose. Waren Indien und ein Guru weiter entfernt als unbekannte Städte, in denen man sich den Sohn nicht vorstellen konnte? Von seinem Leben genausowenig wußte? Tat es nicht ganz so weh, wenn man mehrere Kinder hatte? Kannte Candy die Sentenz, mit der eine Mutter die Frage beantwortete, welches ihrer Kinder ihr das liebste sei: »Das, was weg ist, bis es wieder da ist, und das, was krank ist, bis es wieder gesund ist.«?

Candy war nicht so zitierfreudig wie ich, aber wenn man ihr einen geprägten Satz sagte, runzelte sie freundlich die Nase und meinte: »*That's a good one.*«

Seit ein paar Tagen sind wir in Boston, der Stadt mit dem Freedom Trail, der Wiege der Unabhängigkeit. (Es steht auf dem Schild.) Die Boston Tea Party hatten wir in Geschichte, aber ich wußte nicht mehr, wer den Tee ins Hafenbecken kippte und warum.

Ein paar Krümel des historischen Tees hat man aufgefischt, er ist, in einem Gläschen mit Stopfen, im Museum ausgestellt. Der Museumswärter freute sich riesig, als ich ihn zu sehen verlangte.

Der Weg von historischer Stätte zu historischer Stätte ist durch rote, aufs Trottoir gemalte Fußstapfen gekennzeichnet, wie bei uns die Schüler-Wege, damit man die Passanten nicht so viel fragen muß. Abends ist man schwarz bis zum Knie und muß baden, so schmutzig sind die Straßen.

Wir wohnen bei Steve und Rebekka. Steves augenblickliche Adresse ist nur bei der amerikanischen Botschaft in Delhi zu erfragen. Rebekka ist sehr lieb. Sie lebt vegetarisch, süßt den Kaffee mit Honig, was schlecht schmeckt, und ist stolz auf ihre völlige Besitzlosigkeit. Die beiden wohnen mietfrei im Souterrain eines historischen Hauses, das anfängt zu zerfallen. Ein Frauenclub – die »Töchter der Revolution« oder so ähnlich – spendet von Zeit zu Zeit Geld, damit es restauriert wird, aber betrügerische Bauunternehmer stecken es ein, und alles bleibt beim alten.

Es lag einmal frei und man blickte auf den Bostoner Hafen. Jetzt ist es Kernpunkt von Roxbury, einem schlimmen Viertel, in dem Tag und Nacht Polizei patrouillieren muß. Erst letzte Woche hat man hier einen alten Mann, der ruhig angeln wollte, mit Baseballschlägern totgeprügelt, eine junge Deutsche soll mit Benzin übergossen und angezündet worden sein. Ist es nicht doch nur ein Gerücht?

Rebekka in ihrem Souterrain übt wie in der indischen Legende »Furchtlosigkeit und Wohlwollen«. Im Parterre sind die Fenster mit Brettern kreuzweise zugenagelt, als habe man Pesttote herausgetragen. Stufen führen hinunter in die Kellerwohnung, eine davon ist so locker wie ein Milchzahn.

Es gibt keine Fensterläden, keine Vorhänge, kaum Möbel. In einem Meditationsraum mit vergittertem Kellerfenster liegen zwei Matratzen auf dem Boden, für Candy und mich. Zwischen ihnen und der Wand stehen die sechzehn Bände einer Enzyklopädie, in ihr hausen viele Schaben.

An der Wand hängt das Bild des Gurus, mit dem Steve fort ist. Ölig blickend, das Weiße im Auge fast bläulich, Zöpfchen an den Schläfen, erinnert es an das Deckelbild altmodischer Schuhwichsschachteln. Er weist mit dem Finger auf den Beschauer, und darunter steht: »Du und ich, wir sind nicht zwei, sondern eines.«

»Das lehne ich ab«, sagte ich halblaut auf deutsch und ließ den Koffer zu Boden gehen.

»Verstehst du«, sagte Candy, »wenn hier niemand wohnte, würde nachts geplündert.«

Ich fragte nicht, was da plündernswert wäre, und unterdrückte die Bemerkung, man könne wohl auch dann plündern, wenn wir zu dritt darin wären.

Drei Frauen allein.

Das ›allein‹ galt wohl eher für die Morgenstunden. Als wir uns ausgeruht hatten, saß eine verrückte Gesellschaft Kopf an Kopf im großen Vorderzimmer auf dem Fußboden und bekam Selbstgebackenes. Viele Schwarze darunter, alle laut und vergnügt. Ein kleiner schwarzer Stöpsel namens Timmy, dem die Haare in Büscheln auf den Kopf gepflanzt waren wie bei einer Klobürste, rollte die Augen wie in alten Ulkfilmen der Stummfilmzeit und erklärte mir, der Landfremden: »In dem Haus hat George Washington geschlafen, und manchmal kommt Blut aus dem Wasserhahn.« Er sah mich gespannt an, ob die Pointe bei mir angekommen sei, und ich schauderte pflichtschuldig.

Abends gegen elf klingelte es an der Tür, und Rebekka ging hin und öffnete. Ich hätte es nicht getan.

Draußen stand ein Baumstamm von Mannsbild, ein Schwarzer von gut 1 m 90, grinste und sagte »Rebekka, *listen*, dein Wagen steht wieder vor der Tür. Ein Freund von mir hatte ihn geklaut, er wußte nicht, daß es deiner war.«

»*Thats's quite all right*«, sagte Rebekka beiläufig.

Candy und ich bekamen erklärt, daß sich das schon mehrfach wiederholt hatte. Ob diese sinistre Protektion damit zusammenhing, daß Rebekka Furchtlosigkeit und Wohlwollen so weit trieb, Menschen zu verstecken, nach denen die Patrouillenwagen draußen suchten? Ich konnte sie nicht fragen, dazu kannte ich sie zu kurz.

Ich hatte ja schon als Kind nicht geglaubt, daß man ruhig zwischen die Tiger steigen kann, wenn man keine Angst hat. Nur, wenn die Tiger Angst riechen, greifen sie an, hatte es geheißen. Und nun stand Candys Wagen groß und breit und mit fremden Kennzeichen vor der Tür. Ich überlegte, womit wir dieser Tage weiterreisen würden, ließ es mir aber nicht anmerken.

Es erging mir wie Alice im Wunderland. Sie stieg durch den Spiegel, und im ersten Raum war alles nur spiegelverkehrt, sonst aber wie immer. Gleich dahinter aber führten die Türen ins Unerwartete.

»Kommt Paul noch manchmal?« fragte Candy, um einen ihr bekannten Namen ins Gespräch zu bringen.

»*No, they killed him*«, sagte Timmy. Es brauchte nicht wahr zu sein, aber es konnte wahr sein. Niemand widersprach.

Wir hörten teilnahmsvoll eine lange Geschichte

an, die schwer zu verstehen war, weil dem, der sie erzählte, die Vorderzähne fehlten. Rebekka raunte mir zu, er habe sie im Kampf verloren. Es klang nach Antike. Aber im Kampf gegen wen? Das angebotene Körner-Krümel-Gebäck kaute er sehr weit hinten seitwärts.

Spät nachts ging ich als erste ins Bad und lagerte mich anschließend unter dem Bildnis des Guru. Draußen heulten Polizeisirenen, verstummten. Ein Schuß knallte. Eine Frau schrie. Ich verstand nur, daß sie jeden Satz mit ». . .*man*« beendete.

Wenn man das Haus anzündete, würden wir nicht durch die Kellerfenster flüchten können, sie waren vergittert.

Ich dachte daran, wie friedlich es jetzt in Seeham war, mit den quarrenden fernen Fröschen, die am Tage von anderen Geräuschen übertönt, nachts gewaltig aufschnitten, an das grantige Husten der Igel, die unter den Schnecken aufräumten, an den fernen Atem des Sees.

Bis Candy aus dem Bad zurückkehrte, hatte die Angst, nicht hinauszukönnen, sich gewandelt: es könnte ja auch jemand von draußen durch das Gitter hereindrohen mit einer Waffe und den Inhalt unserer Portemonnaies fordern.

»*You're not worried, are you?*« fragte Candy erstaunt. »*I'm here.*«

Dann kroch auch sie unter die Decke. Ehe sie das Licht ausknipste, fiel ihr Blick auf eine antike Kommode mit schönen Beschlägen, das einzige Möbel in dieser Kammer. Eine Schublade fehlte.

»Diese Kommode habe ich den beiden zur Hochzeit geschenkt«, sagte sie. »Was sie bloß mit der Schublade gemacht haben? Vielleicht hat Rebekka sie jemand geliehen, der kein Babybett hatte?« Sie schien nicht gekränkt. Mit einem zweifelnden »*Well, . . . I don't know*« drehte sie sich zur Wand.

Ich hatte viel von ihr zu lernen. Sie beherrschte offenbar etwas, an dessen Anfängen ich noch herumstotterte. Sie hatte ihre Kinder losgelassen. Ich glich noch der Witzblattfigur, die dem Sohn aufs Schlachtfeld in Flandern den selbstgestrickten Schal schickt und ihn ermahnt, sich keine nassen Füße zu holen. Auch ich kannte die Schlachten nicht, in denen mein Sohn sich schlug, und gab ihm, wenn überhaupt, ähnlich idiotische Ratschläge.

Ich hatte vergessen, daß man von einem bestimmten Punkt an nicht mehr an einem Sohn mitbauen darf, vergessen, die Jahre zu zählen, die er schon von daheim fort war. Es waren schon mehr, als er seinerzeit bei uns verbracht hatte. Kam er heim und packte aus, entfuhren mir Ausrufe wie »Was sind das für bunte Unterhosen? Die hab ich dir doch nicht gekauft?«. Fand ich nach seiner Abreise Lebensmittel im Kühlschrank, die ich ihm hatte mitgeben wollen und die er gar nicht brauchen konnte, vergoß ich echte Tränen über den fehlgeschlagenen Versuch, die Brutpflege zu verlängern. Seine Schlußlichter waren noch nicht jenseits des Baches, das Haus noch nicht wieder zur leeren Schachtel erstarrt, da war er wieder der Kleine von einst, den ich mir seit dreißig Jahren zurückwünschte. Waren Candys Künste und Erkenntnisse übertragbar?

Auf dem Leintuch, das ich mir ans Gesicht zog, war ein kleines Schildchen, vermutlich eine Art Monogramm. Das Licht durch das Kellerfenster reichte aus, es zu entziffern. Zirkus Barnum & Bailey. Wie kam . . .?

Im Einschlafen wußte ich plötzlich, warum in diesem Haus »manchmal Blut aus dem Wasserhahn kam«. Es war ein Effekt, den ich aus Seeham kannte. War durch einen Defekt oder langes Nichtbenutzen Luft in die Leitung gekommen, produzierte sie Rost. Es sah schlimm aus. Ich nahm mir vor, es Timmy zu sagen. Vielleicht nahm ich ihm eine Angst, vielleicht auch eine romantische Illusion. Ich war zu müde, um das noch zu entscheiden.

Morgens war der Wagen noch da. Wir machten eine kleine Rundfahrt durch das Viertel, weil man hier nicht spazierengeht. Überall verbeulte, viel zu große Autos. Die Weißen meist ausgeflippte Typen, von Candy als »Freaks« bezeichnet, schräge Vögel, ungesund aussehend, viele unter Drogen stehend. Dazwischen selbstbewußt und fröhlich stolzierend die schwarzen Familien. Sie schienen als einzige hierherzugehören und zufrieden zu sein, trugen wunderliche Gewänder und hohe, glänzendseidene knallbunte Turbane, wie die Frauenrollen in einer Revue.

Weil doch auch Rebekka etwas davon haben sollte, daß sie ihre Schwiegermutter und eine wildfremde Europäerin aus Bayern beherbergte, führten wir sie in ein feines Fischrestaurant am Pier. Es war eines der Lokale, in denen man trotz telefonischer Tischbestellung in einem Vorraum warten muß, einen Cocktail in die Hand bekommt und über Lautsprecher namentlich hereingebeten wird.

Es hatte dann aber keine gemütlichen Ecken, glich eher einem riesigen ›Wienerwald‹. Die Hummer waren herrlich, und ich dachte an Papa. Er hatte sich immer geärgert, wenn hochgebildete Leute, die fließend über das Wesen des Expressionismus plaudern konnten, die zähe Languste für das Weibchen des Hummers hielten.

Am Nebentisch saßen zwei finstere Killer-Typen, der Traum jedes Besetzungsbüros für einen Gangsterfilm, in Begleitung einer wunderschönen jungen Person, ganz in schwarzes Knautschleder gekleidet. Nach dem zweiten Glas wurde ihr zu warm und sie zog den Reißverschluß ihrer Jacke auf, so weit es ging. Sie trug nichts darunter. Was zutage trat, war so schön, daß mich die gleichgültigen Mienen ihrer beiden Begleiter ärgerten. Sie hätten wenigstens durch die Zähne pfeifen können.

Candy, die der Gruppe den Rücken kehrte, beschäftigte sich mit ihrem Hummer und meinte plötzlich, ich hätte mein Tagessoll an Schocks heute noch nicht erfüllt. Sie schlug vor, anschließend zu Freunden ihres Sohnes zu fahren, die Billy und Leni hießen. Rebekka stimmte begeistert zu.

Zwischen Billy und Leni schien kein Guru getreten zu sein, doch auch sie waren Aussteiger. Sie hatten sich einen Saal im ersten Stock einer pleite gegangenen Fabrik gemietet und wohnten in der Ecke eines leeren Fabrikationsraumes, der von einer nackten, hängenden Birne beleuchtet war. An den Wänden sah man Teile von alten Fahrrädern (Billy nannte sie wieder »antik«), alte Reklameschilder aus Blech, vielleicht der Beginn einer Sammlung. Zwischen 1910 und 1930 hatten sie für Seifenpulver, Keks, Magenbitter und Wäschestärke geworben.

An einer quergespannten Leine hingen ein paar Kleider. Schrank oder Kommode gab es nicht.

»Wir haben nichts zu verbergen«, sagte Leni und lachte. Ich überlegte, ob ich daheim in Seeham die Dinge deshalb in Kommoden legte, um sie zu verbergen. Die jungen Fremden brachten mich aus dem Lot. Vielleicht kannte ich auch meine eigenen Motivationen nicht.

Auch Leni trug die spezielle Aussteigertracht: schiefgerutschtes Herrenhemd (von Billy?) mit Bündchen, wo einst ein Kragen gewesen war, Zigeunerrock, darüber etwas Undefinierbares, Ärmelloses aus Baumwolle, etwas kürzer als das Hemd. (Ich war noch so erzogen, daß alles, was unter dem obersten Kleidungsstück hervorschaute, also nicht vollständig bedeckt war, als Zeichen von Verwahrlosung galt. Der Unterrock länger als das Kleid, das Kleid länger als der Mantel – dazu gehörte eine brüchige Wachstuchtasche und der Bettelstab.) Leni war, wie Rebekka, mutig, unbekümmert, liebenswürdig und mir unbegreiflich.

Billy der Hausherr war damit beschäftigt, einen alten Wirtshaustisch vom Flohmarkt zu polieren. Die Stühle aus einem Kino, kleine Nummern an der Lehne, waren in einer entfernten Ecke gestapelt. Sie und der Tisch würden später circa zehn Meter von der Stelle stehen, wo jetzt zwei Matratzen und ein Herd die Wohnecke markierten.

Man konnte keines der rußblinden Riesenfenster öffnen, trotzdem zog es, vielleicht aus dem Treppenhaus. Auch die Finsternis drang von allen Seiten heran. Wir standen da, ein Grüppchen Schauspieler auf zu großer Bühne, und hielten uns an einem Drink fest. Im Hintergrund erbrach sich ein junger Hund, er hatte so viel Platz dazu, daß er es an fünf verschiedenen Stellen tun konnte. Jedes Lachen, jedes Wort kam wie »über Hall« im Hörspiel von allen Seiten zurück.

An einer zweiten Wäscheleine, die möglicherweise später hinzukommende Gewänder aufnehmen sollte, hing die Wachs-Nachbildung eines menschlichen Daumens, ein Scherzartikel, auf böse Weise leichenhaft.

»*Cute, isn't it?*« fragte Billy.

Im Lexikon heißt *cute* niedlich.

Papa hatte mir verboten, nach ausgefallenen Einzelheiten einen Ort, eine Nation, eine Rasse zu beurteilen. Immer wieder – im Alter fast zu häufig – erzählte er die Geschichte von dem eiligen Reisenden, den in Kassel im Bahnhofsrestaurant ein rothaariger Kellner bedient und der in seine Agenda schreibt: »In Kassel sind die Kellner rothaarig.« Manchmal fügte Papa hinzu, selbst Madame de Staël seien solche Fehleinschätzungen unterlaufen. Auf ihrer Rußlandreise sah sie einen Jungen, der die kalten Hände in seinen weiten Ärmeln wärmte, glaubte, er habe keine, hörte ihn mit »Maltschik« – Junge! angeredet und notierte: »Hier gibt es Burschen ohne Hände, man nennt sie Maltschik.« Papas Mahnung galt immer noch. Nichts, was ich gesehen hatte, war typisch. Nicht typisch für Amerika, nicht für die Ostküste, nicht für Candys Familie.

Als wir ausgetrunken hatten, begleitete Billy uns die Treppe hinunter, und als ich mich noch einmal umdrehte, saß Leni unter dem Lichtkegel der nackten Birne und sah aus wie ein Rembrandtbild.

Wieder wunderte es mich, daß Candys Wagen noch da war. Es ging ein starker Wind, der nach Meer roch und Abfall auf uns zu blies.

Bei der Heimfahrt bezeichnete Rebekka den Haushalt der Freunde als »kreativ«. Candy sagte nichts.

Nachts, auf den Matratzen im kleinen Meditationsraum, sprachen Candy und ich vom Lebenszuschnitt ihres Ältesten mit den Chintzsesseln und Ziertischchen und verglichen ihn mit dem des Zweiten. Und endlich auch über Mütterbesuche bei Söhnen allgemein. Das Thema war so gut wie unerschöpflich. Es war die Rede von dem, was Söhne verschenken (den einzigen Teekessel, den einzigen Topf, um Spaghetti zu kochen, den Heizofen, Schubladen aus antiken Kommoden), was ja für ihr gutes Herz sprach, und auch darüber, was sie geschenkt bekommen: Sofas aus Filmdekorationen, junge Hunde, Anzüge von jemand, der in den Knast gewandert ist, halbabstrakte Bilder, mit denen einer Fürchterliches abreagiert hat – und das wiederum sprach von der bunten Zusammensetzung ihres Bekanntenkreises. Auch der erschrockene Mutterblick in ihre Kühlschränke kam zur Sprache: Nichts

Eßbares, fünferlei angebrochenen Senf, dreierlei Ketchup und im kalten Bratrohr des Herdes eine versteinerte Baguette von der letzten Party.

«Und was machst du dann, Candy?«

»Ich geh einkaufen, aber vorher hole ich mir dazu die Erlaubnis bei der Ehefrau oder der Freundin.«

»Kannst du nicht Geld dalassen?«

»Das hab ich getan, aber da haben sie sich noch etwas dazugeliehen und sich ein riesiges Wasserbett gekauft, in dem es gluckert, wenn man sich bewegt.«

Die rätselhaften Wohnbereiche der Söhne, Papierblumen und Straußenfedern, die im Badezimmer Staub ansetzen, die zwecks Lüftung mit Fenster ins Freie versehene Speisekammer als Registratur für Leitzordner verfremdet. Viel Liebe und wenig Papierservietten.

Draußen im unheimlichen Stadtteil Roxbury jaulten wieder Polizeisirenen, brüllten wieder Menschenstimmen, aber es war nicht so arg wie in der ersten Nacht.

Die Zeit tropft weg wie aus einem nicht ordentlich zugedrehten Hahn.

Wir waren fast eine Woche in Vermont bei Bekannten, um Rebekka etwas zu vermitteln, was hier ein »*outing*« heißt und was sie sehr genossen hat.

Vermont war in seinen Herbstfarben unbeschreiblich schön. In den Wäldern flammt der rote Feuerahorn so stark, daß es in den Augen wehtut; weiß und glatt leuchten die Birkenstämme heraus, die bei uns daheim so rauh, so schwärzlich gefleckt sind, und sie tragen geheimnisvolle Striche und Punkte.

Das weißgestrichene Holz der Häuser wiederholt die Birkenstämme wie ein musikalisches Motiv. Ich bekomme wieder wütenden Appetit auf Musik. Warum habe ich geglaubt, ich könne sie nach Michaels Tod nicht mehr aushalten? Es war so unrealistisch, wie es der Wunsch wäre, sich zu Tode zu hungern.

Fast das schönste Gebäude weit und breit lag in einem Dorf, war aus sauber verschalten, weißen Brettern, hatte Veranda und Holzsäulen. Zum Glück wollte Candy aussteigen und etwas zum Essen kaufen. Ich umrundete das schöne Haus, lehnte mich mit dem Rücken dagegen und überlegte, wie es Michael gefallen würde. Alte Gewohnheiten sterben schwer. Es dauerte immerhin den Bruchteil einer Sekunde.

Candy, die hierzulande üblichen riesigen braunen Papiertüten auf den Armen, kam lachend näher.

»Siehst du das Schild nicht? Es ist das Distriktsgefängnis!«

Zwischen den Platanen, die hier Sycamoren heißen, wahren Baumkönigen, spielten echte Chipmunks, bekannt aus vielen Zeichentrickfilmen.

Auf einer Anhöhe in dem dichten Zauberwald lag die Farm, zu der wir wollten, alt, tadellos gehalten. Der Gastgeber sollte erst abends heimkehren, die Gastgeberin war auf Vortragstournee in Europa. Außer Hunden gab es auf der Farm keine Tiere mehr.

Eine lebhafte kleine schwarze Madame empfing uns, sie trug das Kopftuch mit dem Knoten vorn auf dem Kopf gebunden wie die Gestalten aus Onkel Toms Hütte. Sie lachte viel, gackernd und laut, sie kannte Rebekka von früher und richtete all ihre Erzählungen an sie. Ihr Dialekt war ungewohnt und schwer zu verstehen. Zwischendurch legte sie sich im Wohnzimmer aufs Sofa, weil sie einen schlimmen Fuß hatte. Ihr Gesicht war braun und glänzend wie ein Brot.

»Unser Jüngster studiert in Paris«, sagte sie. Es konnte ihr eigener Sohn, aber auch der Sohn des Hauses sein. Was stimmte? Ich fragte Candy hinter der Tür, und sonderbarerweise wußte auch sie es nicht. Ich hatte gemeint, Amerikaner wüßten alles über Amerika.

Nach Rückkehr des imposanten Hausherrn am Abend, vor dem sie einen Heidenrespekt hatte, verwandelte sich die muntere kleine Madame in die langjährige Köchin, die in der Küche herumwuselte und hervorragend kochte. Sie nötigte mich bei Tisch mit: »Du ißt ja kaum was, Liebchen, schmeckt es dir nicht, Schätzchen?«

Es gibt Zustände der Vereinsamung und Verarmung, in der die albernsten kleinen Zuwendungen Gewicht bekommen.

Die Gästezimmer mit Heizung zu versehen wäre vermutlich stillos gewesen. Vielleicht war auch die Zentralheizung im Herbst noch nicht angestellt. Ich schlief mit Kopftuch, die Beine in Rebekkas Zweitpullover. Es ist sehr kalt in Vermont. In den Regalen des Gästezimmers standen viele kluge Bücher über Wirtschaftspolitik und mittendrin *Heidi* auf deutsch. Wie hatte es sich hierherverflogen?

Die Frühstücke waren die besten, die ich jemals bekommen hatte: vier Gänge, darunter köstliche Blaubeermuffins – sicher war gerade Saison –, aber auch hier wurde kein Frühstückstisch gedeckt. Wir aßen am nackten Küchentisch, ohne Teller, mit verbogenen Blechlöffeln, und jeder holte sich heran, was er brauchte – einschließlich der Stühle aus dem Nebenzimmer.

Vielleicht trieb ich daheim überhaupt zu viel Aufwand? Künftig wollte ich . . .

Wie eine Welle der Übelkeit stieg der Schmerz wieder auf. Ich sah das leere Holzhaus in Seeham, in dem ich keine Gäste mehr haben wollte. Was sollten sie auch mit mir, einem Gespenst, das einmal mit Michael gelebt hatte und nun nicht mehr lebte. Was war schließlich herausgekommen bei der Reise nach dem unerreichbaren Providence? Sollte etwas herauskommen?

Die Schmerzwelle ebbte ab. Die Negermammi erzählte mir wortreich, John F. Kennedy habe nach einem Besuch hier ihren Kaffee gelobt, weil er heiß genug gewesen sei.

»Und weißt du wieso, Liebchen?« fragte sie und strahlte über das runde Brotgesicht. »Weil ich die Tassen vorher mit kochendem Wasser ausschwenke.«

Als ich die nach einer sonderbaren Methode gefällten Stämme quer über den Weg liegen sah, anzusehen wie zu stark gespitzte Bleistifte, wagte ich nicht zu äußern, es könnten Biber am Werk gewesen sein.

Es waren Biber. Eifrig wies man mir die fernen Reisighaufen als ihren Bau.

»Dort, siehst du nicht? Dort!«

Sie waren gut getarnt, und ich erkannte sie nicht im naturbelassenen Urwald.

»Ja, ich sehe sie«, behauptete ich, kläglich blind ohne Teleobjektiv, ohne sich steigernde Filmmusik. – Es war sicherlich ganz im Sinne der Biber.

Am letzten Tag führte uns der Hausherr auf unserem Spaziergang zu einem verlassenen Dorf. Die Natur hatte es in sich zurückgenommen wie der Dschungel die Inkatempel. Im Inneren der Farmhäuser, zwischen Gestrüpp und heruntergebrochenen Dachbalken, wohnten die Eidechsen und wilden Karnickel, und darüber wehten die herbstlichgoldenen Schleier hochaufgeschossener Bäume. Die ohne Mörtel aus Steinplatten geschichteten Mäuerchen schützten nur noch Unkraut, aber die verwilderten, struppigen Obstbäume trugen pflichtgemäß noch hie und da eine steinharte Birne, einen schrumpeligen winzigen Apfel. Noch war der Weg zwischen den Anwesen zu erkennen, auf dem sich das dörfliche Leben abgespielt haben mochte, doch war er schon samtgrün, federnd weich und in der Mitte eingesunken wie eine alte Matratze. Es lag eine Wehmut darüber, wie in dem Vers von Gryphius: »Wie ist die Zeit vertan. Gleich wie dies Licht verfiel . . so wird in wenig Jahren, ich, du und was man hat und was man sieht, hinfahren . . .«

»Wo sind die hingezogen, die hier einmal gesiedelt hatten?«, fragte ich.

»Dorthin, wo das Gras grüner ist«, sagte der Hausherr. Er hätte auch »ans Ende des Regenbogens« sagen können. Für den, der auszieht, das Glück zu suchen oder das Fürchten zu lernen, hat die englische Sprache schöne, poetische Wendungen.

Bevor wir abreisten, riß der Hausherr einen Streifen Rinde von einem der leuchtend weißen kanadischen Birkenstämme und reichte ihn mir durchs Autofenster. Das Rindenstück rollte sich zusammen, als wolle es die Punkte und Striche seiner Geheimschrift verstecken.

»Hier«, sagte der Gastgeber, »nehmen Sie das mit nach Europa. Vielleicht ist eine Botschaft für Sie darauf.«

Hatte ich es nicht in vielen Märchenbüchern gelesen? Der Zauberer gibt dem Abschiednehmenden etwas mit? Der Berggeist Rübezahl? Die Fee? Die Schneekönigin im hohen Norden? Vielleicht würde ich die Botschaft wirklich eines Tages entziffern können. Ich fühlte mich zurückversetzt in die Augenblicke der Kindheit, in denen sich ein Zufalls-Tier in einen Boten der Vorsehung verwandelt hatte, und fror vorübergehend weniger.

Ältere Damen, die leicht gerührt sind, haben etwas Peinliches. Um nicht zu zeigen, daß mir Tränen in die Augen stiegen, sah ich zur anderen Seite, als interessierten mich Candys Wendemanöver oder als traute ich ihr nicht zu, ohne Anstoß aus dem Hof zu kommen.

In Boston, in dem Haus, in dem Washington geschlafen hatte, lag ein Brief von Mami. Er hätte aus dem All kommen können, so weit fort war ich geraten. Ich trug ihn eine Weile ungeöffnet mit mir herum und las ihn schließlich in einem der kahlen Räume, die Hüfte aufs Fensterbrett gestützt, weil kein Stuhl da war.

Er war zauberhaft, wie alle Briefe der alten Dame. Obwohl nur Liebe darin enthalten war und keinerlei Mahnung, fühlte ich mich beschämt, fühlte mich zur Ordnung gerufen.

»Wie sehr würde es deinen Mann freuen« (sie sagte nicht »meinen Sohn« oder »Michael«), »wenn du diese interessante Reise genießen würdest«, stand da. Es löste etwas wie ungeschickten Eifer bei mir aus, besser aufzupassen, genauer hinzuschauen, mir Einzelheiten »anzuverwandeln« wie früher.

Die wenigen Zeilen genügten, um mich daran zu mahnen, daß die Reise nach Providence ein unwiederholbarer Teil meines restlichen Lebens war, keine Schlafkur, keine mißglückte Narkose.

»Du hast Post. Mußt du nach Hause?« fragte Candy etwas erschrocken.

»Eigentlich muß ich überhaupt nichts mehr«, sagte ich, traurig über meine bleischwere Freiheit.

Wir haben Boston verlassen, das Haus, das schließlich vielleicht doch noch restauriert wird, Timmy, dem vielleicht doch die Drogenszene, das Gefängnis, die Gewalttat erspart bleiben, die auf den wakkeligen Stufen zum Abschied uns nachwinkende Rebekka, die keiner von uns wiedersah. Ein Jahr später gehörte sie nicht mehr zu Candys Familie. Der Guru siegte und sie ließ sich scheiden.

Unterwegs besichtigten wir Mystic Seaport. Es war ein alter Hafen für Walfangschiffe, roch nach Teer und altem Holz. Ein alter, schon lange schlafender Walfänger, ein breites, plumpes Fahrzeug, lag dort vertäut, und man konnte an Bord gehen. Wie auf so engem Raum zwanzig Mann miteinander gehaust haben sollen, ist nicht nachvollziehbar. Und das länger als ein Jahr, denn eher war der große Trankessel nicht voll. (Er kochte und stank, keine zwei Meter neben den Schlafkojen der Männer.) Dann erst ging es heimwärts. Platzmangel wie auf einem U-Boot, Hunger, Prügel, sadistische Vorgesetzte, Messerstechereien und oft ein lautloses über Bord, das tauschten die ein, die etwas verbrochen hatten und dem Gefängnis entgehen wollten, in dem man damals angekettet wurde. Hier ersetzte das Meer die Kette. Es gab kein Entrinnen. Reichwerden, sein Glück machen oder die Welt sehen – das blühte hier keinem. Wer jemanden kannte, der mit einem solchen Walfänger ausgelaufen war, empfahl ihn Gott. Er tat gut daran.

Vor ein paar Tagen wurde spät abends wieder angerufen, augenscheinlich aus Florida. Was davon die Treppe hinauf ins Gästezimmer schallte, klang ein bißchen ungeduldig, als müsse Candy sich gegen Vorwürfe verteidigen. Ich stellte mich schlafend.

Am nächsten Morgen erfuhr ich, daß Candys Mann keine Lust mehr hatte, noch länger im Golfclub zu essen, und Candys Rückkehr forderte.

»Nichts zu machen«, sagte Candy und begann zu packen.

Es war der eine Satz aus vielen Millionen, den ich vor einem Wiedersehen mit meinem Mann nicht geäußert hätte.

Ich habe wieder nicht genau hingeschaut oder hingehört. Was Candy schwerfällt, ist der Abschied von Bäumen und Garten, von der Gegend ihrer Kindheit, nicht die Heimkehr in den Süden.

Um den Aufbruch im Hause nicht zu stören, ging ich ein letztes Mal zu dem Mäuerchen, das *seawall* heißt. Erst dort erinnerte ich mich daran, daß Michael mir jedes Mal, wenn er mir in den Mantel half, zum Schluß einen kleinen Klaps auf die Schulter gegeben hatte. Ohne Ausnahme, achtundzwanzig Jahre lang.

Hoch oben flirrten Möwen wie halbverbrannte, im warmen Aufwind treibende Papierschnitzel, und unten ging ich, ein altgewordener Backfisch, der am Meer Gedichte aufsagt. »Die zärtlich großen Seelen, die nimmer sind . . .«

Wer vom Flatterhemdgeschwader um den Weg war, winkte uns nach, als wären wir monatelang mit ihnen zusammen gewesen, den fröhlichen, liebenswerten Gutestuern. Auf der zur Straße geneigten Rasenfläche stand das wunderschöne Schneewittchen, zwei greinende Zweijährige auf den Armen:

Sean, der keinen Vater hatte, und ihren Kleinen – der Älteste lehnte es ab, eine Abschiedsszene mitzumachen und spielte ostentativ mürrisch auf dem Rasen. Im Jahr, das folgte, kehrte ihr Mann immer seltener heim, bis sie sich endlich scheiden ließen, Schneewittchen ihren Beruf wieder aufnahm und sich lange Zeit nicht mehr binden wollte.

Wir sind unterwegs in den »tiefen Süden«, von dem man in manchem spannenden Roman liest.

Ein Musikkritiker hat einmal über Ravels *Bolero* gesagt, der Witz daran sei nicht, daß etwas Unerwartetes geschieht, sondern daß etwas Erwartetes nicht geschieht. Vielleicht ist es bei meiner Reise nach Providence auch so?

Den ›kleinen Umweg‹ über Washington glaubte Candy mir schuldig zu sein. Sie ist so rührend in ihrer Art. Ich danke es ihr so schlecht. Hätte ich nicht staunen sollen über die Hauptstadt einer ungeheueren Großmacht? Über eine Stadt, in der das rote Telefon steht, das Millionen von Leben auslöschen kann, auch meines? Müßten mich nicht ähnliche Gefühle bewegen wie meine vielen Seehamer Fernreisenden, wenn sie vom Kreml sprechen, den sie ehrfürchtig-angstvoll betrachtet haben?

Das Weiße Haus ist nicht großartig, sondern schmuck und hübsch. Ich würde gern darin wohnen.

Vor ihm kreuzten sich zwei Demonstrantenzüge, jeder hielt die rechte Fahrbahn ein, jeder zeigte Transparente mit Forderungen, die der Präsident nur mit dem Fernrohr hätte sehen können.

Das Capitol ist bedrückend großartig. Es wird nicht etwa dadurch schöner, daß es doppelt so groß ist wie nötig.

Würde es anders auf mich wirken, wenn ich nie davon gehört, es nie auf Bildern gesehen hätte? Mein Sohn hat mich einmal gefragt: »Weißt du noch, wie Französisch geklungen hat, ehe du es sprachst?«

Nach ungefähr fünfzig Kilometern Fahrt überfiel uns das, was man in Amerika *Highway-Hypnosis* nennt, eine Betäubung, eine Narkose. Manchmal ist sie für den hinter dem Lenkrad tödlich, doch bei ihm und dem Beifahrer löst sie eine besondere Sorte Enthemmung aus.

Als das Schild anzeigte »Nach Petersburg«, hatte ich keine Bedenken, albern zu sein. Ich sagte:

»Heute ist Michaels Geburtstag, macht es dir etwas aus, einen Umweg über Petersburg zu fahren? Ich könnte mit dem dortigen Poststempel eine Karte an meine Schwiegermutter schreiben.«

Das Petersburg, in dem Michael geboren war, eine Stadt der hellen Nächte, der Diener und Kutscher, der schneereichen Winter, der Gehpelze und Samoware, war damals eine Capitale, in der es noch so wenige diplomatische Vertretungen am Zarenhof gab, daß man sich untereinander kannte. Die Gesandten fremder Länder fragten an, ob Michael auch gut eingetroffen und seine Mutter wohlauf sei. Er scherzte später gern damit, daß auf der Straße explodierende Bomben seine Geburt beschleunigt hätten. (In der Kasanskaja war ein Geldtransport überfallen worden.) Jedenfalls war er gerade eben noch ein Sonntagskind geworden und leitete daraus ab, daß er im Leben immer Glück habe, oft erst im letzten Moment.

Schon daß er zwei normale Beine besaß, schrieb er diesem Glück zu. Mami, über die Schmuddeligkeit Rußlands erschrocken und voller Bazillenfurcht, hatte im modernen Soxleth-Apparat die Fläschchen ihres Erstgeborenen dreimal so lang wie vorgeschrieben sterilisiert. Die Milch enthielt so gut wie keine Vitamine mehr. Michael wurde apathisch und eines seiner Beine schwoll an. Die von der Zarin zu der jungen deutschen Beamtenfrau geschickten Ärzte beschlossen, das Bein abzunehmen. Unter Tränenströmen zögerte Mami die Operation so lange immer wieder hinaus, bis ihr Mann sie samt Baby zu einem berühmten Arzt nach Berlin schickte. Der setzte das nackte Knäblein vor sich auf den Tisch und sprach: »Der hat Skorbut wie ein Seemann vor Kap Hoorn«, legte ihn dann in die Sonne, fütterte ihn mit Kartoffelschalenextrakt, rettete das Bein und schickte ihn gesund nach Petersburg zurück.

Als Michaels Frau bekam ich auch die anderen Höhepunkte des Sonntagabendglücks zu hören, meist mit dem Zusatz: »Im Grunde war es gar nicht so schlimm.« Die Landung in der Sportmaschine, die ein Rad verloren hatte, der Überfall auf seine Einheit, wenige Stunden, nachdem Michael von dort abkommandiert worden war, und alle übrigen in letzter Minute noch gut ausgegangenen Wechselfälle des Krieges.

Auf dieses »zuletzt doch noch« hatte er sogar angespielt, als wir wenige Wochen vor unserer Hochzeit unweit Seehams auf den Stufen einer kleinen Dorfkirche saßen und ich ihm seine künftige Heimat vorstellte, von ihrer besten Seite, mit Zwiebeltürmchen, blauen Bergen und Schwalben.

Tief befriedigt zog er an der Zigarette und meinte: »Immer schon wollte ich nach Bayern. Jetzt hab ich es doch noch geschafft.« In gewissem Sinne war dieses in Petersburg begonnene Leben auch glücklich zu Ende gegangen: ohne langes Siechtum, ohne einen Lebensrest auf Sparflamme, bei dem man den unausweichlichen Abgrund immer näher kommen sieht, zu Ende gegangen mit dem lautlosen Blitzschlag, der Götterlieblingen vorbehalten ist.

Im Grunde war es die schönste Geschichte, die ich auf Candys Bitte »Erzähl mir was« hätte erzählen können, aber wo hätte ich anfangen wollen: Herkunft, Erziehung, Studium, Ortsveränderungen, Erlebnisse, von denen ich erfahren hatte, Begegnungen, Sagbares, aber Unwesentliches, vereinfacht und damit verfälscht. Das Wichtigste ist nicht mitteilbar.

An dem amerikanischen Petersburg war nichts bemerkenswert. Ich wanderte ein wenig darin herum. Es roch nach nichts, sah nach nichts aus. Vielleicht waren wir im falschen Stadtteil. Das Motel war bequem, man konnte darin fast aus dem Kofferraum leben, ohne auszupacken, so nah stand der Wagen. Eine Postkarte, um sie an Mami zu schreiben, gab es auch nicht. Ich würde irgendeinen Zettel nehmen müssen. In Rußland gratuliert man der Mutter am Geburtstag des Kindes. Die Moskauer Peltzers hatten diese Sitte nach Bayern mitgebracht, zusammen mit den russischen Osterbräuchen, der Ikone und der Gewohnheit, auf einem pfannkuchenflachen Kopfkissen zu schlafen.

Im Motel stand Candy an dem üblichen Kasten im Korridor, den ich anfangs für einen Glücksspielautomaten gehalten hatte, schüttelte sich rasselnde Gratis-Eiswürfel in einen bedruckten Plastikbecher und goß aus ihrer mitgebrachten Feldflasche Whisky darüber: »Warst du weit?« fragte sie.

»Eine Gedenktafel war da«, sagte ich pflichtschuldigst. »Hier in der Nähe hat 1865 eine Schlacht stattgefunden.«

»Ich glaube, wir hatten das in der Schule«, meinte Candy kleinlaut. »Mit den Unionisten, was?«

Für die Wasserfälle des Flusses, der so ähnlich heißt wie das Einreibemittel Oppoponax, ist es zu spät. Wir müssen weiter.

Jetzt fängt es an, südlich auszusehen, oder doch so, wie man es sich nach Filmen »südlich« vorstellt. Die Fauna der Gegend erkennt man nur an dem, was auf der großen Autobahn überfahren worden ist: Schlangen, Waschbären, Igel. Rechts und links von uns liegen die Mangrovensümpfe, in denen Moos von den Bäumen hängt. Dann wieder weites Land.

Hier also ritten sie, die mächtigen Plantagenbesitzer. Die riesigen Wassertürme – Blechkohlrabi auf Stelzen – verderben den Blick in die Ferne und die

Vergangenheit – sie waren damals noch nicht vorhanden.

Herrenhäuser, die nach Marmor aussehen, aber aus Holz sind, mit breiten Veranden. Ich sehe die großen Kristallüster im Inneren, die Krinolinen. Ich sehe, wie die Negermammi die überschlanke Scarlett O'Hara ins Korsett schnürt. Ich sehe die Soldaten der Südstaaten mit den wenig kleidsamen Kopfbedeckungen, ich sehe galoppierende Pferde, die ihre Reiter bereits verloren haben, inmitten von Staubwolken.

Was da drüben im Schaukelstuhl auf der Veranda wippt, ist eine der Schwarzen, die damals befreit wurden. Candy sagt, manche wollten gar nicht befreit werden, sie hatten eine gute Herrschaft, die für sie sorgte, zu deren Familie sie gehörten. Sie erzählt es viele Meilen lang, weil sie nicht weiß, daß bei uns in Kino und Fernsehen viel darüber zu sehen ist.

Mir hatte Mami einmal etwas Ähnliches erzählt, aus Rußland. Im Jahre 1906 hatte die Duma beschlossen, die Dienstboten sollten ihre Pässe selber haben und damit »frei« sein. Mami ging zu Köchin, Stubenmädchen und Kinderfrau, erklärte ihnen, so gut sie es mit ihrem bißchen Russisch konnte, ihre neuen Rechte, ihre neue Freiheit. Die Mädchen weinten bitterlich. »Ach, die Herrschaft will uns los sein? Ist nicht mit uns zufrieden? Sollen wir die Messingstangen der Vorhänge putzen? Sollen wir die Küchenbalkons scheuern?«

Sie wurden erst ruhiger, als die Pässe der neuen Freiheit ins Schreibtischschubfach des Herrn gewandert waren.

Der Wagen, den Candy fährt, ist klimatisiert, sehr leise, sehr geräumig. Theoretisch ist es herrlich, in so etwas zu fahren. Halb tot hat man sich immer geschwitzt in den von der Sonne aufgeheizten, rollenden Telefonzellen daheim, hat gezittert vor sonnigen Parkplätzen, weil die schwüle Luft noch nach Stunden nicht gewichen war, hat Handschuhe gebraucht, um das Steuerrad anzufassen. Aber so? So geht es auch nicht. Ich bekomme in der immer gleichen Temperatur, in dem immer gleichen Geräusch das Gefühl, nicht wirklich zu reisen, sondern einen endlosen Film ohne viel Handlung vorgeführt zu sehen. Ich weiß nicht mehr, ob ich vor- oder rückwärts fahre. Ich weiß nicht mehr, wo ich bin und dadurch nicht mehr, wer ich bin.

»Bitte halte doch mal am Straßenrand«, sage ich zu Candy.

»Wieso? Ist es ein Notfall? Nur in Notfällen darf ich auf der *emergency lane* halten.«

»Ja«, sage ich kühn. »Es ist ein Notfall.«

Ich bin sonst die ganze Ostküste hinuntergefahren, ohne es recht gewahr zu werden.

Candy hält, sie lacht ihr Siphonlachen. Ich steige aus. Eine fremdartige Hitze schlägt mir entgegen. Ich gehe ein paar Schritte. Ich bücke mich herab zum Gras, ich fasse einem Baum an die Rinde. Ich sehe Wolken ohne Blendschutz. Es ist die Wirklichkeit. Einer der Flüsse, deren indianische Namen man auf amerikanisch zerkaut nicht versteht und daher besser im Autoatlas nachschlägt, fließt unter einer riesigen Brücke hindurch. Er riecht sonderbar nach exotischen Hölzern. Er ist breit, lehmig und langsam. Es eilt ihm nicht mehr, denn das Meer ist schon ganz nah.

Anfangs glaubte ich, ich sei entweder eingenickt oder hätte infolge der langen Fahrt Halluzinationen: In jedem Gebäude nah und fern der Autobahn wurden Feuerwerkskörper angeboten. Wieso klebten die Hersteller alle so aneinander und machten sich gegenseitig Konkurrenz?

»Wir sind in South Carolina«, sagte Candy, »in den anderen Staaten ist die Herstellung von Feuerwerkskörpern illegal.«

»Aber man kann sie doch hier kaufen und über die Grenze schaffen?«

»Ja, das kann man.«

Von wirtschaftlichen Zusammenhängen verstehe ich nichts, auch diesmal verstand ich nichts. Vielleicht hatte Papa recht gehabt, der bemängelte, daß man mir im Lyceum keine Wirtschaftslehre beibrachte, sondern allenfalls die Berechnung des Ausfallswinkels eines Lichtstrahls, der ein Glasprisma verläßt.

Es ist wohltuend, daß Candy Papa gekannt hat und mit mir über seine Sprüche lachen kann, obwohl sie auf englisch etwas von ihrem Charme verlieren.

Das Motel, in dem wir abends einkehrten, hatte einen von unten beleuchteten Swimmingpool, eine schöne Bar, alles was Michael und ich uns von einem Nachtquartier erträumten auf den vielen Reisen, die wir nach dem Krieg und Nachkrieg machen würden. Im Zimmer hing ein fürchterliches Bild von einem Stierkämpfer nebst Arena, das man besser mit Wollfäden ausgestickt hätte.

Schwamm man in dem von fremdartigen, gefiederten Bäumen umstandenen Swimmingpool auf dem Rücken, sah man zu riesengroßen Sternen auf. Ich dachte an alle, die sie nicht mehr sehen konnten, und wie schwer es vorstellbar war, daß geliebte Menschen jetzt oberhalb von ihnen spazierengehen.

Vielleicht war es die ungewohnte Wärme oder das Stierkämpferbild. Jedenfalls träumte ich von Spanien, von der letzten und schönsten unserer Reisen. Ich stand wieder auf der Gasse vor dem Dom in Gerona, das Licht war dicht und gelb wie Bernstein, und die Nelken waren so groß wie Kinderköpfe. Und neben dem Blumenstand unter seinem Schirm hatte ein schlafender Hund auf der Seite gelegen. Oder war er überfahren worden?

Michael hatte am Postamt ernsthaft am Schalter angestanden, während ich die üblichen Albernheiten trieb: auf einem herumliegenden Telegrammformular eine Liebeserklärung kritzelte und ihm in die Tasche steckte. Aufgabeort: Hier. Zeit: Jetzt.

Ich war noch in den Dom hineingegangen, während Michael mit seiner Zigarette vor dem Portal blieb und sich auf den Steinlöwen setzte, der, von den Jahrhunderten abgenutzt, bereits aussah wie eine Kröte.

Im Inneren des Doms roch es nach Moder, Weihrauch und Steinkälte. Bis auf eine Frau in der vordersten Bank war kein Mensch zu sehen.

Wie überall in Spanien wuchtete der Hauptaltar gebieterisch auf einen nieder, versuchte einen in die Knie zu zwingen. Die oberste Spitze der vielstöckigen Pyramide aus Engeln, Heiligen und Gold schien bereit herabzustürzen – neigte sich schon. Als ich mich zum Gehen wandte, streifte mein Blick die Frau in der ersten Bank, die in schwarze Witwenschleier gehüllt regungslos dasaß.

Ich erschrak. Ich war es selbst.

Wer sich selbst begegnet, dessen Zeit ist abgelaufen, lautet ein dummer Aberglaube. Es ist ein Un-Sinn, außerdem müßte es heißen: bei dem ist etwas abgelaufen. Vielleicht eine köstliche Unbefangenheit. Ging man logisch an die Sache heran, war in jedem Augenblick irgendeine Zeit abgelaufen.

Eine Menge Alltagsüberlegungen kamen mir hastig zu Hilfe. Eine blonde Spanierin, das war selten. Wie in der Oper war die ganze Szene hochdramatisch. Ich würde sie Michael sehr farbig schildern. »Na, sag mal«, würde er äußern.

Ich ging schnell zum Ausgang, zuletzt lief ich fast, ich drehte mich nicht um, flüchtig berührt von etwas Unvorstellbarem im Augenblick des Glücks.

»Ist was?« fragte Michael mit einem Blick auf mein Gesicht.

Der Himmel draußen war weiß, nicht blau. Es roch nach Eselsmist und warmem Öl. Das unheimliche Vorgefühl, das erschrocken aufgeflattert war, duckte sich wieder still, wie ein Vogel in der Hecke.

Ich wachte auf. Im anderen Bett lag Candys weißer Schopf auf dem Kissen. Einer ihrer Arme war hochgereckt. Sie spielte mit einem Armband.

»Kannst du auch nicht schlafen? Sollen wir noch mal schwimmen gehen? Wieso weinst du?«

Wir fahren den zweiten Tag, oder ist es der dritte? So müde war ich daheim nicht einmal, wenn ich die halbe Hecke geschnitten hatte. Über einer Einfahrt zu einem Lunch hing ein Transparent mit REVIVAL SERVICE. Es wäre schön, wenn es einen Service zur Wiederbelebung für Erschöpfte gäbe, und nicht nur für Wasser und Öl und Reifendruck. Doch es war nur der Gottesdienst einer Sekte.

»Morgen abend sind wir da«, sagte Candy in Savannah. »Erzähl mir eine Geschichte, so wie früher, aber sie muß mit ›Es war einmal‹ anfangen . . .«

»Später«, sagte ich, »erst erzähl du mir eine . . .«

Candy hat Phantasie. Sie hat im Deutschkurs damals in München, als sie einen Satz mit historischem Inhalt bilden sollte, formuliert: »Klein-Friedrich Barbarossa sagte: Mama fang mir einen Frosch . . .«

Wenn sie amerikanische Geschichten erzählt, werden es seltsame, nicht immer zusammenhängende Unheimlichkeiten, Kuriosa. Vielleicht hat sie sie aus Zeitungen?

»Es war einmal ein Mann«, begann sie, »von dem ich nicht weiß, ob er noch lebt. Er hat berühmte Filmschauspielerinnen entdeckt und groß gemacht, ist ein genialer Finanzzauberer und sehr reich. Einmal fing sein Privatflugzeug beim Aufschlag Feuer, seitdem ist er aus der Öffentlichkeit verschwunden, und an seine Stelle trat ein Phantom. Dieses Phantom hat eine Leibgarde und leitet seine Geschäfte und Unternehmen per Telefon.

Im Bostoner Ritz-Carlton gibt es plötzlich keinen 5. Stock mehr. Der Lift hält dort nicht. Der Drehknopf zur Notausgangstür ist von außen abgeschraubt worden. Wer die Personaltreppe benutzt, begegnet auf dem nicht bestehenden Stockwerk plötzlich einem Wachmann, der eine Smith & Wesson an der Hüfte trägt.

Die Angestellten des Hotels behaupten nicht zu wissen, was im 5. Stock los ist. Im Juli letzten Jahres soll dort ein Gast eingezogen und seitdem nicht mehr gesehen worden sein. Einer behauptet, er habe ein Geräusch gehört, als ob in der dem Publikum nicht zugänglichen Etage ein Film vorgeführt wurde. Ein anderer behauptet, der Fremde sei krank und werde gegen irgend etwas behandelt. Er hinke, höre schwer und scheine ein Lungenemphysem zu haben. Ein Zimmermädchen hat beobachtet, daß ein Sauerstoffgerät den Korridor entlanggerollt worden ist. Sein Anwalt verbreitet in der Presse, es gehe ihm glänzend. Es hält sich das Gerücht, daß er dabei sei, alle Filmgesellschaften Amerikas aufzukaufen.

Der Koch gab einem Reporter den Tip: Bei dem geheimnisvollen Unbekannten handle es sich um Howard Hughes.

In einem anderen Hotel in einer anderen Stadt soll einer der Langzeitwächter den Mann, den er bewachte, einmal durch eine offenstehende Tür erblickt haben: Da stand er splitternackt im Zimmer, die Füße in leeren Kleenex-Schachteln. Er habe eine panische Bazillenangst und sei berührungsscheu.

Auch in dieses Hotel nahm er seinen eigenen

Koch mit, und was an Hotelpersonal mit für ihn bestimmten Dingen in Berührung kam, mußte alles mit Handschuhen oder Papierservietten anfassen.

Jeden Abend gegen sieben rief der Rätselhafte in der Küche an und bestellte ein Roastbeefsandwich und eine Kanne Kaffee, die der Zimmerkellner auf einem Tablett in einer Astgabel vor einem Bungalow absetzen mußte. Morgens holte er das Tablett wieder ab und fand es immer unberührt. Nach fünf Tagen fand der Hotelchef, jetzt könne man damit aufhören. Um Mitternacht klingelte das Küchentelefon. »Wo zum Teufel ist mein Sandwich?«, quiekte eine Stimme.

Seine Limousine parkte im Hotelhof, aber er kam und ging nur nachts. Ein Reporter, der an einem der schwerbewaffneten Wärter vorbeischlüpfen konnte, erzählte, er habe zwei Männer vor dem Fernseher sitzen sehen. Als er Fragen stellte, wurde er von einem Manager ins Nebenzimmer komplimentiert und mit den sonderbaren Worten verabschiedet: »Sie suchen Howard Hughes? Hier gibt es keinen Howard Hughes. Im übrigen: Polizeischutzmaßnahmen. Es werden so viele Leute ermordet, wir wollen wenigstens den nächsten Mord verhindern.«

»Und dann?« frage ich. »War es dann doch Rumpelstilzchen?« (Die Amerikaner kennen Rumpelstilzchen.)

»Weiß ich nicht«, sagte Candy. »Lebt der Mann noch?« frage ich.

»Weiß ich nicht«, sagt Candy. »Jetzt mußt du eine Geschichte erzählen, eine von dir zu Hause.«

Wir fahren natürlich doch rückwärts, diese Tankstelle und diese Raststätte waren schon vor einer Viertelstunde rechts von uns. Nie weiß ich, ob so eine Tankstelle allein liegt, zur vorigen Stadt gehört oder der Vorposten der nächsten ist. Candy meint abfällig, wir führen von Shitville nach Nitville, und das ginge noch eine Weile so weiter.

Ich erzähle Candy eine Geschichte aus dem Bayerischen Wald, von dem sie glaubt, er müsse an den Ufern des Bayerischen Meeres liegen, weil dann die Geographie übersichtlicher sei. Bei ihren 50 Bundesstaaten, die wiederum ich nicht behalten kann, sollte sie eigentlich besser trainiert sein.

»Es war einmal ein Mann, der lebte im Bayerischen Wald«, fange ich an und wundere mich selber, daß er nicht Besenbinder war und der Vater von Hänsel und Gretel.

»Er hieß Karl, war Förster und fand das dortige Leben ›köstlich hart‹. In früheren Jahrhunderten wurde, wer sich mißliebig gemacht hatte, von den Fürstbischöfen von Passau in diese Wildnis verbannt und mußte Wald roden bis zu seinem Tode. Noch im Jahre 1800 wurde vor Wölfen und Wegelagerern gewarnt. Der Winter schnitt die Ortschaften voneinander ab, die Schneelast eines einzigen Baumes begrub einen Menschen und erstickte ihn. Fast erstickt aber wäre man auch in den Stuben, denn der Rauch wurde aus dem Kamin nach innen gedrückt. Außer dem Rotwild gab es noch Eber, Birkhahn und zahllose Wilderer. Jedermann wilderte, die Leute waren hungrig und arm. Auch Totschlag kam vor, die Verhandlungen vor Gericht zogen sich oft über Jahre hin – am Ende war nichts mehr beweisbar. Drang der junge Karl bei einer Pirsch zu tief ins Waldesinnere vor, um noch vor Einbruch der Dunkelheit ins Forsthaus zurückzukommen, verstand er sich ein Lager mit Schutzdach zu bauen, wie die Holzknechte: große Tannenzweige mit der Wölbung nach oben unter einer Schräge aus Knüppeln. Er behauptete, erst gegen Morgen gefroren und dann gegen die Kälte laut gesungen zu haben. Er kannte alle Arien, Sänger wäre er gern geworden, aber der Wald war ihm noch lieber. Von ihm stammte der Satz, im Bayerischen Wald im Frühling spüre man die Auferstehung deutlicher als in Rom. Er war streng katholisch.

1929 war er gerade auf der Landstraße unterwegs, als der große Eisregen kam. Meteorologisch gesehen war es eine Inversionslage: oben warm, unten kalt. Der Regen fiel durch die warme Schicht und gefror am Boden. Er überzog jeden Ast, jeden Halm wie mit Glas. Ein einziger Meter Telefondraht wog bald einen Zentner. Mit einem fernen Rauschen bei völliger Windstille fing es an. Klirrend legten sich die Masten und Bäume um, erst einzeln, dann reihenweise. Eine Apokalypse, ein Weltuntergang, erzählte er. Jahrzehntelang sprachen die Waldler noch davon.

Im Wirtshaus saß er neben ihnen, trank mit ihnen den schwarz gebrannten Obstler. Die bärtigen, listigen Kerle saßen stumm neben ihm, in ihren faltigen Gesichtern stak die lange Pfeife. Sie achteten ihn auf ihre Art. Sie wilderten trotzdem, und im Grund war jeder Forstmensch ihr bestallter Urfeind. Es hinderte sie nicht daran, mit ihm Freundschaft zu schließen.

Als ihm das Alleinsein zuviel wurde, heiratete er eine üppige Schwarzhaarige aus der Stadt. Unbegreiflicherweise fand sie es herrlich in seiner Eremitage, stieg singend über die hohen Balkenschwellen, saß abends, wenn er heimkam, wartend auf den Stufen vor dem Haus wie in den Nordlandromanen. Das erste Kind war ein Sohn, alles ging leicht und glatt. Am zweiten Kind, einer Tochter, starb sie. Es war Winter, hoch lag der Schnee. Als der Arzt, vor Anstrengung keuchend und dem Herzschlag nahe, auf Skiern eintraf, war sie verblutet.

Karl, der Förster, wurde versetzt, an den Alpenrand, in dichter besiedelte Gegenden. Er stieg viel hinauf in die Berge, war gern allein, seine Schwester zog ihm die Kinder groß. Mit sechzig Jahren begann er Bücher zu schreiben, wurde Mitglied der berühmten Audubon-Gesellschaft für Ornithologie, reiste nach Amerika, hielt Vorträge über europäisches Wild. Er hatte genau hingeschaut und konnte gut schildern, aber er lernte erst spät das nötige Englisch.

Mit über siebzig äußerte er, der ausgezeichnete Schütze, den Satz: ›Von Fotosafaris halte ich so wenig wie von der platonischen Liebe.‹

Bald darauf starb er; nicht unerwartet, aber rasch und ohne Krankenhausaufenthalt.

Ich war auf seiner Beerdigung. Es gab lange, bombastische Ansprachen, aber auch eine sehr kurze. Ein Mann in Försteruniform, das Taschentuch in der Hand, sprach: ›Mein lieber Karl, deine

Berge, deine Wälder und deine Tiere trauern um dich.‹ Dann schneuzte er sich trompetend in sein Taschentuch. Seine Handbewegung wurde mißverstanden, die Schützengilde begann zu feuern und der unwesentliche Rest der Rede ging unter.«

Auf der Reise durch Amerika war er mir eingefallen, dieser zu groß geratene Gerhart Hauptmann mit der Silbermähne und der Vorliebe für majestätische Posen. Ich hatte mich einmal bei ihm beklagt, über Bekannte, die Dinge zu einem sagten wie: »Wenn du Toledo nicht gesehen hast, hast du Spanien nicht gesehen.« Damals hatte er mich getröstet: »Kein Mensch ißt alles, was auf der Speisekarte steht. Er wählt *eine* Vorspeise, *eine* Suppe, etc. und läßt das Übrige weg. So reise du auch und laß die Leute reden.«

Das Leben von Karl dem Förster war leicht zu übersetzen, ich brauchte kein Wort zu suchen. Wer war es, der einmal sagte, alle lebenswichtigen Begriffe schrieben sich kurz: »Mann, Frau, Tod, Brot, Pferd«, und alles Unwichtige lang und kompliziert, zum Beispiel »Gemeindesteuerumlage«?

»Du hast eigentlich viele interessante Leute gekannt«, sagte Candy nach vielen weiteren Meilen. Hatte sie »zu deiner Zeit« gesagt, oder hatte ich das dazugedichtet?

Candys großer Wagen schnurrt gleichmäßig dahin, wie ein Langstreckenflugzeug. Auch rupft Candy nie am Lenkrad und murmelt »dieser Idiot!« vor sich hin, das Überholen ist kein Kampf, das Überholtwerden keine Niederlage. – Etwas fehlt: die Musik. Der schöne Wagen hat kein Radio. Die Musik würde die eintönige Landschaft aufwerten, würde die Details unterstreichen, ich kenne das aus Kulturfilmen.

»Wie wäre es nun«, so sprachen in Hauffs *Die Karawane* die Kaufleute zueinander und strichen sich die Bärte, »wenn auch Ihr, Achmed, uns etwas erzähltet, sei es aus Eurem langen Leben, das wohl viele Abenteuer aufzuweisen hat, oder sei es ein hübsches Märchen.« Wir ritten nicht durch die Wüste, hatten kein seidenes Zelt, in dem wir uns an Sorbet erfrischten, aber der Highway war lang.

»Du bist dran«, sagte ich zu Candy und erwartete so etwas wie *Zwerg Nase* oder das *Gespensterschiff*.

»Es war einmal ein Mann, der hieß Joe Smith«, begann Candy.

»Ach nein, bitte lieber ein Märchen«, sagte ich.

»Wart's ab«, sagte Candy.

»Ungefähr 1820 erschien Joe Smith im Staate New York ein Engel.«

Mir schien es ein ausgefallener Ort für die Erscheinung eines Engels, da sah man wieder, wie viele Vorurteile man hat.

»Der Engel bedeutete Joe Smith, nach etwas zu graben, nach goldenen Tafeln in einer Kiste. Er grub und fand schließlich eine Kiste mit Tafeln in einer unbekannten Schrift, so ähnlich wie Ägyptisch. Joe Smith konnte sie nicht lesen, weil er das überhaupt nicht konnte, doch lag praktischerweise in der Kiste auch gleich eine Brille oder ein Lorgnon, nicht aus Glas, nein, aus durchsichtigem Edelstein. Durch sie konnte Joe die Tafeln entziffern und gab ihren Inhalt, einem Buchdrucker diktiert, als das *Buch Mormon* heraus. Er gründete eine Sekte, die rasch wuchs, bald bekämpft wurde, von einem Staat in den anderen wandern mußte, weit und mühselig wie die Kinder Israel durch die Wüste, und endlich am Großen Salzsee zur Ruhe kam. Die Grundsätze der Sekte waren streng, unbedingt ordentlich und ehrenhaft. Viele Witze wurden über etwas gerissen, das bei ihnen Vorschrift, bei manchen anderen eher ein verschleiertes Gelüst war – die Vielweiberei. Joe Smith' Nachfolger Brigham Young hatte im Jahre 1847 bereits 27 Ehefrauen. Wer das nötige Geld besaß, baute drei Häuser auf einem Grundstück, oder aber brachte drei Familien in drei Wohnungen unter. Drei waren das Minimum. So viele wie Brigham Young hatte wohl niemand mehr. Ganz junge Leute vereinigten manchmal drei Frauen und deren Kinder unter einem Dach. All das war gegen die herrschenden Gesetze der Vereinigten Staaten, wurde man offiziell erwischt, erregte man öffentliches Ärgernis und wanderte ins Gefängnis. Andererseits waren die Glaubensvorschriften unerbittlich.

Das Märchen, das nun beginnt, spielte sich ohne Engel ab.

Susan war die Tochter einer Familie, die in mehreren Haushalten vom gleichen Vater acht Töchter und sechs Söhne zählte. Als sie zwanzig war, hielt John um sie an. ›Du kannst sie haben‹, sagte ihr Vater, ›wenn du streng nach der Regel lebst.‹ Susan, gerade zwanzig Jahre alt, nahm ihn.

Nach dem ersten Kind und anderthalbjähriger glücklicher Ehe rief die Pflicht. Bei einer Versammlung deutete Susan auf ein hübsches, rothaariges Mädchen und sagte leise, aber fest: ›Die würde ich mir näher ansehen. Ich hab so ein Gefühl, als ob sie zu uns paßte.‹ Nach den Vorschriften war es an ihr, darüber zu entscheiden. Sie erwog es mehrere Wochen. Sie betete. Dann sagte sie zu John: ›Ich würde mich freuen, wenn ich Barbara als Schwester bekäme.‹

Er ging mit der rothaarigen Barbara aus, seine Frau als Anstandsdame neben sich, denn sonst hätten Bekannte über das junge Mädchen geklatscht. Dann machte er ihr einen Heiratsantrag. Sie lehnte zunächst ab. ›Ich habe Sie und Susan sehr gern‹, sagte sie, ›aber ich glaube, ich möchte nicht nach der Mormonenregel leben. Ich habe Freundinnen, die haben viel Schlimmes durchgemacht: Polizeilich verfolgt, von Nachbarn bespitzelt, haben sie mehrmals umziehen müssen, und ihre Kinder durften nirgends ausplaudern, daß sie Geschwister sind, obwohl sie nur zwei Monate auseinander geboren wurden.‹

›Überlegen Sie es sich, ich warte‹, sagte John. ›Wir müssen uns ja auch erst näher kennenlernen.‹

Es war nicht so, daß er ihr nicht den Hof machte. Manchmal ging er sogar allein mit ihr aus. Nach vier Wochen willigte sie ein.

Johns zweite Trauung war streng geheim. Ohnehin war nie ein Andersgläubiger bei solchen Zeremonien anwesend. Auch die erste Frau trug Weiß, auch sie stand am Altar und der Mormonenprediger richtete die letzte Frage an sie: ›Bist du, Susanna, willens, deinem Gatten diese Frau zum Weibe zu nehmen für Zeit und Ewigkeit, bis der Tod sie scheidet?‹

Susan sagte laut und vernehmlich Ja, legte Barbaras Rechte in die von John und preßte sie mit den Handflächen zusammen. Alle drei blieben mit gesenktem Kopf stehen, während die Gemeinde einen Chorgesang anstimmte.

Die Zweite durfte nicht auf Hochzeitsreise gehen, weil John dafür nicht genug verdiente. Die Handwerker hatten getrödelt. Es erwies sich, daß das neue angemietete Haus nicht bezugsfertig war.

Susan zog sich mit ihrem Baby in ihr Zimmer zurück und betete, während ihr Mann mit Barbara im kleinen Bungalow die Hochzeitsnacht verbrachte. Jahre später gestand sie: Es war nicht ganz leicht, aber mein Glaube hat mir darüber hinweggeholfen.

Im späteren geräumigeren Haus ging dann alles besser. Je eine Woche hatten die Frauen abwechselnd Küchendienst. Keine vertrug, was die andere kochte, es wurde ihnen jedesmal übel. Sie glaubten schon der göttlichen Regel unwürdig zu sein, da klärte sich alles ganz natürlich auf: Sie waren beide schwanger. Susan bekam einen Sohn, Barbara eine Tochter. Bald wimmelten drei Kinder herum. Bei der Wäsche wechselte man sich ab, ganz gleich, wer sie beschmutzt hatte.

Die nächste Frau war noch Studentin, und ehe John ihr nähertrat, fragte er, streng nach der Regel, ob seine Damen bereit seien, eine Schwesterfrau willkommen zu heißen.

Susan war bereit. Barbara nicht. Sie fand die Kleine zu jung und bestand darauf, sie müsse erst einmal ihr Studium beenden. Man legte in Mormonenkreisen großen Wert auf Bildung und Wissen.

Noch ehe es in dieser Sache so weit war, gebar Susan ihr drittes Kind, und Barbara kam wieder in Umstände. Inzwischen war ihnen aufgegangen, daß sie es eigentlich recht gemütlich miteinander hatten: Barbara sprach von einem ›College mit Babys‹ und einem ›von allen gleichermaßen geliebten Mann‹.

Jane, die Dritte, fand den Haushalt reizend, auch imponierte ihr, wie harmonisch dort alle miteinander lebten. Als John sie um ihre Hand bat, willigte sie ein. Ein leichtes Leben hatte sie dann nicht. Johns Gehalt war für vier Erwachsene und fünf Kinder sehr knapp. Aber alles geht, wenn man meint, nach Gottes Geboten zu leben und niemand einem einredet, man müsse sich im Standard nach anderen richten. Sie buken selbst Brot, aßen nur zweimal wöchentlich Fleisch. Auf seiner Einkommensteuererklärung durfte er nur seine ›legalen‹ Angehörigen aufführen, nämlich Susan und ihre drei Kinder. Eine der Frauen schneiderte für alle. Niemand rauchte, niemand trank, nie gab es Tee oder Kaffee, die Kinder sammelten Lindenblüten. Schlimm war nur eines: daß sich John, waren wirklich einmal ein paar Dollar übrig, mit Frau Nr. 2 und 3 nur in dunklen Kinos und weit entlegenen Restaurants zeigen durfte.«

Candy verstummte.

»Mein Gott«, sagte ich, »ein schönes Märchen. Kommt jetzt . . . Und wenn sie nicht gestorben sind? Ich meine, lebt noch einer von ihnen?«

»Ein Kind von ihnen lebt noch«, sagte Candy, »aber es ist nicht mehr jung.«

Wir fuhren noch ein paar Meilen.

»Haben sie denn nie gestritten?«

»Doch, sie haben manchmal gestritten.«

Wir fuhren wieder ein Stück.

»Ist es denn immer noch so streng heute?« fragte ich.

»Nein, so nicht, aber anders«, sagte Candy und erzählte mir, daß ein Flugzeug wegen einer notwendig werdenden Reparatur in Shannon in Irland zwischenlandete. Um den Passagieren die Wartezeit zu verschönern, bestellte der Flughafenmanager fünfzig schön gezierte Gläser Irish Coffee, ließ in einer Nebenhalle des Flughafengebäudes hübsch decken, sprach launige Worte. Die Gäste standen stumm. Keiner setzte sich und löffelte. Der Manager hielt es für übertriebene Bescheidenheit. Schließlich näherte sich ihm einer der Gruppe und entschuldigte sich leise. Sie seien Mormonen, sie rührten nichts an, in dem Alkohol sei.

Die Flughafenangestellten bekamen tagelang nichts anderes als Irish Coffee.

In der Tankstelle fragte der junge Mann in der Latzhose, der Benzin einfüllte, den Zahnstocher zwischen den Zähnen, wohin wir denn wollten. Candy sagte es ihm. Mit stark wippendem Zahnstocher stieß er etwas hervor, dessen deutsches Äquivalent etwa lauten würde: »Das will gefahren sein!«

»Weißt du keine Story mehr?« fragte Candy, als die Highway-Hypnosis wieder einsetzte. Ich hätte einige gewußt, zum Beispiel Storms *Hinzelmeier*, über den ich als Kind so geweint hatte, oder Bergengruens *Lebenslauf Pfeffermanns des Jüngeren*, unerreichbares Vorbild all meiner Schreibversuche, oder auch nur die *Geschichte des Schuhflickers Maaruf* aus *Tausendundeiner Nacht*. Aber bei ihnen allen kam es auf jedes Wort an, und auf Englisch ging das schon gar nicht. Es würde etwas anderes sein müssen.

»Es waren einmal zwei Brüder«, fing ich an. »Sie hießen Armand und Léon Peltzer.«

»Oh, schön, eine Geschichte von deinen Ahnen«, frohlockte Candy.

»Es waren nicht meine Ahnen«, sagte ich, »sie gehörten nicht einmal zu meiner Familie. Ich weiß wenig über sie. Das wenige, das ich weiß, habe ich gehört, obwohl ich es nicht hören sollte, oder aber in einem zerfledderten Buch gelesen, das in Belgien gedruckt ist, eines von denen, wie sie auf Karren am Seine-Ufer hinter der Notre Dame feilgeboten werden.

Die Geschichte spielt in Antwerpen vor hundert Jahren. Armand Peltzer war ein vermutlich sehr gut aussehender, etwas melancholischer Mann, eleganter Witwer mit zwölfjähriger Tochter, reich, gut eingeführt in der Gesellschaft. Sein jüngerer Bruder Léon wäre gern ebenso schnell wohlhabend geworden, hatte aber bei Spekulationen keine glückliche Hand. Armand hatte ihn mehrmals vor dem Bankrott retten müssen und ihm schließlich, als Léon unter den Kaufleuten nicht mehr als seriös galt, die Überfahrt nach Amerika bezahlt.

Man könnte sich eine rührende Szene am Pier vor dem windgestrählten Hafenwasser vorstellen, in der die beiden Brüder einander im Morgengrauen umfaßt halten, die häßlichen hohen runden Hüte auf, die damals Mode waren, die Paletots oder Radmäntel im Winde wehend. Es wäre denkbar, daß der scheidende Léon dem Bruder versicherte, wie gern er ihm einmal alles vergelten würde, wenn er nur könnte. Die Luft voller Salz- und Rostdunst, darüber die Möwen. Wie gesagt, denkbar, vorstellbar.

Armand blieb in Antwerpen und machte Madame X. den Hof, der Frau eines Anwalts. Es war eine zarte, offenbar wunschlose Beziehung. Zwei Jahre lang verkehrte er in ihrem Hause. Gemeinsame Geschäfte mit dem Anwalt begründeten eine Art Freundschaft zwischen den Männern, und Madame, der eigene Kinder versagt waren, kümmerte sich liebevoll um Armands Töchterchen.

Dienstbotengeschwätz und Armands ständige Anwesenheit im Hause des Anwalts führten schließlich zu einer erregten Aussprache zwischen dem Ehepaar, das sich seit Jahren mit Gleichgültigkeit, vielleicht sogar Haß gegenüberstand. Der Anwalt fürchtete um Ruf und Klientel. Er forderte Armand – auf grobe oder feine Art, niemand weiß es – dazu auf, sein Haus künftig zu meiden. Äußerte er dabei etwas, was Armand nicht verzeihen konnte? Er zog sich tief verletzt zurück, war über die Maßen verstört, man hörte dann eine Weile nichts mehr von ihm.

Etwa einen Monat später erschien in Belgien ein Amerikaner namens Vaughan. Er hatte Ermächtigungsbriefe einer überseeischen Reederei, eine europäische Niederlassung seiner Firma einzurichten.

Er trat mit einem gewissen Eklat auf, machte sich überall bekannt, bestellte Hotelzimmer lange voraus auf seinen Namen, hatte für jeden Schritt Zeugen, nahm auch mit dem Anwalt in Antwerpen Kontakt auf. Schließlich mietete er in Brüssel in der Rue de la Loi ein leerstehendes Haus. Darin möblierte er, wie sich später erwies, nur die Räume für Besucher: Treppenhaus, Vorplatz und ein Arbeitszimmer. Hinter den übrigen Türen blieben Gerümpel, Kisten, staubschwarze Spinnennetze.

Nach mehrfachen Versuchen gelang es Monsieur Vaughan, den Anwalt zu einer Zusammenkunft im Haus der Rue de la Loi zu bewegen.

Am Morgen nach dieser Besprechung fand man den Anwalt dort im Arbeitszimmer tot auf. Flüchtig war der Anschein erweckt, es sei beim Besichtigen von Waffen ein Unfall passiert. Das Opfer lag in einem Sessel, aber ein großer Blutfleck im Teppich, der später deswegen bei Raritätensammlern einen hohen Preis erzielte, zeigte, daß der Anwalt dort zusammengebrochen und erst später in den Sessel gehoben worden war. Spuren des Mörders waren mehr als genug zu finden: Ein Taschenkalender mit dem Namen Vaughan, sogar ein Ehering mit V graviert, auf der Konsole über dem Waschtisch, als habe ihn der Mörder beim Händewaschen nach der Tat dort vergessen.

Vor dem Mord konnte jeder Schritt des Monsieur Vaughan bis ins einzelne verfolgt werden, danach aber schien der Mann sich in Luft aufgelöst zu haben. Die Polizei suchte fieberhaft nach ihm. Amateurdetektive jeder Couleur traten auf den Plan, die

Zeitungen waren voll von der Affäre. Wer in einer Garderobe etwas zu laut rief: *Voici vos gants* (Vaughan) – Hier sind Ihre Handschuhe, verursachte einen Menschenauflauf.

Armand war am Mordtage zum ersten Mal wieder ausgegangen. Die Nachricht von der Tat erreichte ihn auf einer Spazierfahrt. Er zeigte sich tief bestürzt und suchte sofort Madame X. auf, um der nun zur Witwe gewordenen Seelenfreundin Trost und Schutz anzubieten. Wie sie darauf reagierte, ist nicht bekannt.

Einige Monate später wurde Léon Peltzer in der Schweiz verhaftet, und bald setzte man auch Armand als Anstifter, wenn nicht Mittäter fest. Schon die zu deutlichen Spuren Vaughans hatten den ersten Verdacht der Polizei geweckt, hier sei sorgsam die Erscheinung eines ›großen Unbekannten‹ inszeniert worden.

Dann stellte sich heraus, daß es weder die Firma, die Vaughan angeblich beauftragt hatte, noch überhaupt einen Mann dieses Namens gab.

Schließlich erwies sich die Verbindung, die die Brüder für die Zeit nach der Tat verabredet hatten, als schlecht geplant. Ein Telegramm Armands in die Schweiz wurde verfolgt und als Empfänger Léon entdeckt, den jedermann in Amerika vermutete.

Die Verhandlung, die unter gewaltigem Publikumszulauf vor sich ging und über die die Presse halb Europas berichtete, war eine von denen, bei denen man sich Stunden vor Eröffnung des Gerichtssaales anstellen mußte. Ein Mord aus Leidenschaft, ein *crime passionnel*, ein Verbrechen aus

Dankbarkeit, das war doch einmal eine schöne Abwechslung. Die Verteidigung brachte mit der nötigen Breite, daß Madame X. infolge mehrerer Fehlgeburten und schwerer Operationen eine hysterische Angst vor dem Mann schlechthin gehabt hatte und daß nach medizinischen Erkenntnissen überhaupt nur von einer Seelenfreundschaft zwischen Armand und ihr die Rede sein konnte.

Wozu dann der Mord? Aus Rache? Hatte der Anwalt seine Frau gequält? War Armand ein Ritter ohne Furcht und Tadel, mit dem kleinen Fehler, daß er seinen Bruder herbeigerufen hatte, weil er selbst sich nicht die Hände beschmutzen wollte?

Madame schwieg. Armand schwieg, beteuerte nur, genau wie Léon, bis zuletzt seine Unschuld. Léon und Vaughan waren identisch, und doch behauptete dieser, daß eine der besichtigten Waffen – der Anwalt war Sammler – von einer Konsole gefallen sei und sich selbst entladen habe. Das war denn doch nicht glaubhaft. Zwar zogen die Gegner von Indizienbeweisen alle Register, doch die Brüder wurden beide zu lebenslangem Zuchthaus verurteilt. Armand starb nach zwei Jahren in der Zelle, ohne die Attitüde eines Märtyrers aufgegeben zu haben. Léon wurde wegen seines außergewöhnlichen Sprachentalents von den belgischen Behörden als Übersetzer beschäftigt. Nach Lage der Dinge konnten sie seiner Diskretion sicher sein.

Nach dreißig Jahren, 1911, wurde er begnadigt. Freunde und Verwandte versuchten in vorbildlicher Weise, ihm die Rückkehr ins Leben zu erleichtern. Er ging eine Weile in die Kolonien, verwaltete eine

Pflanzung, soll aber die letzten Monate seines Lebens wieder in Antwerpen verbracht haben.

Ob er der Mörder war, weiß man nicht. Eines aber war er mit Sicherheit: ein Perfektionist. Seinen Selbstmord bereitete er mit großer Sorgfalt vor. Er fuhr an die Nordseeküste, studierte an abgelegener Stelle Meeresströmung und den Ablauf der Tide, um sicher zu sein, daß sein Leichnam weit hinausgetrieben und, wenn überhaupt, an fremder Küste angespült würde. Dann entfernte er aus Kleidern und Wäsche jeden Hinweis auf seine Person und Herkunft. Erst dann ging er ins Wasser.

Der Teppich mit dem Blutfleck, um den sich die Sammler gerissen hatten, war inzwischen schäbig geworden. Der letzte Besitzer verbrauchte ihn in einem Sommerhaus am Meer und schenkte ihn schließlich einem Fischer, der ihn als Plane über seinen Karren montierte. Dieser Fischer entdeckte einen angeschwemmten Toten, legte ihn auf seinen Karren und hüllte ihn in den Teppich. Man gab sich keine große Mühe, den Leichnam zu identifizieren, und begrub ihn samt dem Teppich.

Sobald Léons Freunde bemerkten, daß er abgängig war, stellten sie Nachforschungen an. Sie erkundigten sich, wo man zur fraglichen Zeit Tote aus dem Wasser gezogen hatte. Die Leiche wurde exhumiert. Das Lebensalter stimmte, eine Ähnlichkeit war nicht mehr festzustellen, doch die große Sorgfalt beim Verwischen aller Spuren stimmte mißtrauisch. Der Zahnarzt des Gefängnisses stellte dann ohne Mühe die Identität des Toten mit seinem langjährigen Patienten fest.

Goethe sagt in den *Unterhaltungen deutscher Ausgewanderten*: ›Diese Dinge brauchen nicht erklärbar zu sein. Es genügt, daß sie wahr sind.‹

Die Presse stieg groß ein. Die Öffentlichkeit, süchtig angezogen von übersinnlichen Erscheinungen und magischen Zusammenhängen, erschrak wohlig. Selbst in Familienzeitschriften fand man die Geschichte vom ›göttlichen Walten des Zufalls‹, das den Mörder und den mit dem Blut seines Opfers befleckten Teppich am Ende zusammengeführt hatte.

Ich hatte von der ›Affaire Peltzer‹ gehört, als ich noch Haarschleifen trug und man mit einem Seitenblick auf mich und einem geraunten *pas devant les enfants* Gespräche darüber abbrach. Ich neigte dazu, nachts schlecht zu träumen und dann mit meinem Geschluchze die Erwachsenen zu stören. Um so interessanter schien mir die verschwiegene Geschichte. Auf den Gedanken, es könne mich nur eine Namensgleichheit mit Armand und Léon verbinden, kam ich nicht. Ich hegte den Verdacht, man könne sie aus Gründen der Wohlanständigkeit und des makellosen Rufs der Familie unter ›als Kind verstorben‹ wegschwindeln. Ich wollte den interessanten Fall unter den langweiligen Ahnen haben, die hochbetagt und mit zirka zehn Kindern gesegnet dort gestorben waren, wo sie hingehörten. Ich wollte wissen, ob das Töchterchen Armands groß geworden war und einen anderen Namen angenommen hatte. Ich wollte sie umarmen. Oder doch wenigstens ihre Kinder.«

»Eine tolle Geschichte«, sagte Candy, ließ das

Lenkrad los und dehnte beide Arme. »Du solltest sie schreiben.«

»Nein«, sagte ich. »Das hat schon Michael getan, aber sie sehr verändert. Als ich ihm das zerfledderte französische Buch stotternd und lückenhaft vorübersetzte, saß er so still und ließ die Zigarette ungeraucht verqualmen. Da habe ich schon gemerkt, daß etwas ausgelöst worden war.

Seine romantische Phantasie bemächtigte sich des Stoffes. Er verlegte den Schauplatz in die Gegend von Mainz, machte aus den beiden Brüdern einen Gelehrten und einen Offizier, ließ den jüngeren, den Offizier, in eine faszinierende Frau verliebt sein und den Ehemann durch Mord zu Tode kommen. Der Jüngere glaubt, der Ältere habe ihm zuliebe gemordet. Der Ältere glaubt, der Jüngere habe in seiner Verliebtheit keinen anderen Ausweg mehr gesehen. Beide gestehen, um einander zu entlasten. Beide kommen ins Gefängnis. Durch Briefe läßt der junge Offizier den Bruder glauben, er sei begnadigt worden, nach Mexiko gereist und beteilige sich dort an den Kämpfen Kaiser Maximilians gegen Juarez. Die glühend farbigen Berichte, mit denen er sich aus einem trostlosen Festungsalltag hinauskatapultiert, lassen weit hinter sich, was ihm ein als Bedienung zugeteilter mexikanischer Taschendieb namens Alegre an Details an die Hand gibt. Sie sind nicht nur für einen liebenden älteren Bruder faszinierend. Die Frage bleibt offen, ob dieser in seiner Befriedigung, den Jüngeren frei zu wissen, nicht noch einen guten Teil dazuerfindet. Beide Brüder – im Buch heißen sie Cauvenburg – sind eine wunderbare Absage an die These, ein Mensch würde durch seine Umwelt geprägt. Es fällt einem vielmehr ein: ›Das wahre Leben eines Menschen ist nicht notwendigerweise das, was er führt.‹ Die Lösung des Knotens – beide Brüder sind unschuldig, der wirkliche Täter ist ein entlassener Stallknecht – war mir nie wichtig, auch nicht die zeitgenössischen Quellen, beispielsweise der pedantisch genaue Militärbericht des Generals Prinz Bibescu an Napoleon III., den Michael für viele Einzelheiten zugrunde legte. Ich liebte die Art, wie sich Phantasie und Wirklichkeit durchdrangen, so daß man sie nicht mehr unterscheiden konnte. Ich liebte es, wie sich die Landschaften für das Geschehen entrollen, zugleich realistisch und wie die Prospekte einer Barockbühne.«

»Kann man das Buch noch kaufen?« fragte Candy, heroisch entschlossen, es mittels eines Wörterbuchs zu lesen.

»Nein, es ist schon lange vergriffen«, sagte ich. »Und mein letztes Belegexemplar verleihe ich nun nicht mehr.«

Wir fuhren einige Meilen, dann sagte Candy: »Weißt du, vormittags gehen wir dann oft zusammen an den Strand und dort erzählst du mir noch mehr.«

Nach einer Weile setzte sie hinzu: »So schnell ist mir noch keine Fahrt in den Süden vergangen.«

Die Grenze des Staates Florida verläuft über die Brücke des St. Marys River.

»Über sieben Brücken mußt du gehen, siebenmal zu Asche werden.« Die schöne, poetische Formel.

Ich hatte die Brücken nicht gezählt, und zu Asche konnte man wohl nur ein einziges Mal verbrennen.

Wir waren beide sehr müde. Es begann schon zu dämmern, als wir ins Souterrain eines turmhohen Riesenhauses hinunterfuhren, in dem es feuchtheiß und stickig war. Als wir das Gepäck ausluden, freute ich mich schon auf die frische Luft.

Es gab keine. Draußen war es noch feuchtheißer und stickiger. Ich sah zum Himmel auf, ob wirklich kein Dach mehr über uns war. Wir kehrten ins Gebäude zurück. Die Eingangshalle ist riesig und gleicht der eines Hotels. Der Portier ist vor lauter Zimmerpflanzen kaum noch zu sehen. Er rief James, Candys Mann, herunter, denn die Wohnung liegt im zehnten Stock. Sie heißt Apartment 1030. Diese Zahl ließ mich einiges ahnen.

Das Haus scheint eine Art Bienenwabe für wohlhabende Senioren zu sein. Auf den Gängen begegneten uns Menschen in Bademänteln wie in einer Kuranstalt. Der Ozean ist nirgends zu sehen. Er muß hinter anderen Wolkenkratzern liegen.

An Pracht und Herrlichkeit entspricht die Wohnung meinen Backfischträumen. So habe ich mir den Rahmen für Erfolgreiche vorgestellt, als ich noch mit Baskenmütze und angesteckter Mickymaus in Schwabing ins Lyceum ging. Riesige, weißlederne Sessel, Bodenvasen mit Seidenblumen, die man anfassen muß, um festzustellen, ob echt oder nicht. Holzvertäfelung dort, wo sie hingehört.

Man kann die Fenster nicht öffnen. Für die Luft ist die Klimaanlage zuständig. Sie wärmt im Winter, kühlt im Sommer, außerdem duftet sie: acht Stunden nach Zitrone, acht Stunden nach Zimt und acht Stunden nach Lavendel. Wieso mischen sich die Düfte nicht? Das Wasser, das die Toilette spült, ist leuchtend blau. Klinken und Wasserhähne scheinen vergoldet zu sein. Messing sieht nicht so aus. Auf dem Handtuch im Bad ist Donald Duck eingestickt, teilweise mit Metallfäden, die glitzern. Es ist kein Kind im Haushalt. Ich würde gern fragen: »Ist das euer Ernst?« Draußen vor der Wohnungstür des Apartments No. 1030 ist ein Fußabstreifer angebracht, in Form eines langgestreckten Dackels. Er stammt aus Europa und ist ein Mitbringsel. Dreck abstreifen wird er gewiß nie. Was soll noch an den Füßen bleiben nach all den hochflorigen Teppichen?

Mein Bett ist riesengroß; es genügt für mindestens drei Personen wie *the big bed of Ware* im Londoner Victoria and Albert-Museum, das sogar bei Shakespeare erwähnt wird. Es ist aus der Wand ausziehbar und steht in einer Art Salon. Darüber hängt ein Porträt von James. Er muß wunderschön gewesen sein mit seinen dunklen Augen und dem rabenschwarzen Haar. Sein Vater ist aus Neapel eingewandert. Gemalt ist er im weißen Arztkittel. Heute ist er nicht mehr Chirurg, nur noch ein erstklassiger Golfspieler. Als etwa Zweiundzwanzigjährige war Candy so etwas wie Schwesternhelferin bei ihm. Ich habe ein Foto gesehen. Vielleicht hat die machtvolle Aura des göttergleichen Chefarztes – wie in vielen Büchern und Filmen und zweimal in unserer Familie – seinerzeit auch diese Ehe zustande gebracht.

»Vergleiche nie dein Leben oder deine Ehe mit denen von anderen, besonders jetzt in deiner Lage nicht«, hatte mich eine Freundin gewarnt. »Von solchen Vergleichen ist es nicht mehr weit bis zu dem Punkt, an dem du den anderen übelnimmst, daß ihr Leben weitergeht und deines nicht.«

Ich würde lernen, es zu vermeiden, so wie man lernt, auf der Fußkante zu gehen, wenn ein Nagel im Schuh ist. Wie man lernt, sich nicht in der Dämmerung in einen Stuhl zu setzen und auf eine Tür zu starren, durch die jemand nicht mehr kommt. Man lernt so viel.

»Da bist du ja«, sagte James zu Candy, als sie mit mir im Schlepptau nach monatelanger Abwesenheit auftauchte. Candy gab sich Mühe, ihm zu erklären, wer ich sei, interessieren konnte es ihn nicht, ich stammte aus einer Lebenszeit seiner Frau, die zu weit zurücklag. Auch klang es bei dieser gedrängten Übersicht so, als sei ich immer allein gewesen und mit einem einzigen Sprung von der Schulzeit in Amerika gelandet.

Er war freundlich, ein wenig zerstreut, lachte polternd über den Unsinn, den, wie Candy ihm berichtete, seine erwachsenen Kinder inzwischen angestellt hatten, ging dann in sein Schlafzimmer, verfolgte vom Bett aus ein Baseballspiel und schlief darüber ein. Ich weiß es, denn auch in dieser Wohnung stehen fast alle Türen offen.

Die Tugend der absoluten Gastfreundschaft scheint bei den Amerikanern gut ausgebildet und gepflegt. Jemand so Fremdes, wie ich es für James sein mußte, hätte ich mir nicht unbegrenzt in mein Haus geladen. Leicht gerührt blickte ich auf den großen Chefarzt herab, dem Candy die Bettdecke hochzog und der im Schlaf Ähnlichkeit mit seiner Tochter Schneewittchen hatte.

Man kann doch etwas nach draußen öffnen: die Balkontür. Von dort sieht man hinaus in eine große Weite ohne Hügel, durchzogen von geheimnisvollen dunkleren Gürteln, die Candy mir als ferne Moor- und Urwaldlandschaften schildert. Wasserläufe und daran hochkant gestellte, sehr helle Dominosteine mit vielen Augen: Hochhäuser. Nach der anderen Seite aber, wenn man sich ein wenig vornüber neigt, ein Stück Ozean, blau und sanft, mit Palmen davor, die rascheln, wie aus Papier.

Das Meer soll hier sehr warm sein. Morgen werde ich schwimmen gehen. Wie viel habe ich gehört von den ewig warmen Sandstränden Floridas – dem Inbegriff des Luxus!

Bei uns ist der See nur dann angenehm warm, wenn Westwind das gewärmte Oberflächenwasser an unser Ufer treibt, und auch dann muß man über den Kies hineinwaten, der den Füßen wehtut, und darauf achten, daß einen die Stechfliegen nicht zu sehr stechen, bis man endlich tief genug im Wasser war. Und manchmal war es der einzige schöne Tag, und der Badeanzug trocknete in der nachfolgenden Regenperiode erst nach langer Zeit und roch konstant nach nassem Hund.

Und hier? Nie schlechtes Wetter? Ich konnte es mir nicht vorstellen. Risikolose Unternehmungen unter freiem Himmel planen, ohne ans Barometer zu klopfen? Immer leicht und sommerlich gekleidet sein? Nie mit dem Blick auf die Wetterecke den Schirm mitnehmen? Immer die Gartenkissen draußen lassen? Nie mehr kalte Füße?

Als ich endlich meinen Badekram beisammen hatte und den Strand erreichte, durfte ich nicht ins Meer.

Auf einem hohen Holzgerüst saß ein strammer Wächter in Badehose mit Fernglas, er schrie mir Unverständliches warnend zu: Raubfische jagten vor der Küste. Ganze Wolken kleinerer Fische hoben sich vor Angst aus dem Wasser, um den Verfolgern zu entgehen.

Der Sand ist weiß. Der obenaufliegende Schmutz wird von schick uniformierten Bediensteten abgesucht. Sinkt man darin ein oder schaufelt gedankenvoll mit der Hand den Sand beiseite, kommen schwarzbraune, klebrige Klumpen unterschiedlicher Größe zutage – Masut, von einer Konsistenz zwischen Teer und Honig. Er haftet an Schuhen und Füßen, füllt Badesandalenprofile restlos aus, Handtücher werden nie mehr ganz sauber. Damit dieser Stoff nicht beständig in die hellen, hohen Teppiche getragen wird, stehen unter den Uferpalmen neben dem Süßwasserschwimmbecken niedrige Marmorbänke, daneben Plastikkanister mit Lösungsmittel und Wattebehälter wie in einem Badezimmer. Im Freien wirken sie seltsam deplaciert. Schemenhaft und romantisch ziehen weit draußen in der Ferne die Schiffe vorüber, die diesen Masut ablassen. Hindern kann man sie daran nicht und verboten ist es seit langem.

Das Gefühl, noch nicht wirklich angekommen zu sein, wurde so stark, daß ich allein herumbummeln wollte.

Als ich dabei war, die Wohnung zu verlassen, sah es draußen so drohend aus, daß ich umkehrte und mir meinen Schirm aus dem Koffer holte. Aber das heraufziehende Gewitter war so wenig echt wie manches andere: Die als Blendschutz getönten oberen Fensterscheiben gaukelten einem das schwefliggelbe Licht nur vor.

So war es einmal auch in Rom, vor vielen Jahren, als Michael und ich uns täuschen ließen, bis wir merkten, daß Leute mit angerußten Glasscherben vor die Häuser traten und den Himmel betrachteten. Es war Sonnenfinsternis. Ein bleiches Eidotter schwamm hoch über dem Monte Esquilino in trüber Brühe. Alle Hunde kläfften, aber nicht wegen der Beleuchtung, sondern weil sich ihnen die Unruhe der stehenbleibenden, einander zurufenden Menschen mitteilte.

Die Blüten des Hibiskus gegenüber dem Drugstore sind echt, ich habe sie angefaßt. Es hängen auch echte Bananen am Baum. Aber daß es nie regnet, stimmt nicht. Heute früh fiel heißes Wasser vom Himmel und machte alles noch dampfiger und noch schwüler.

Hier schlafe ich schlecht, auch noch nach ein paar Eingewöhnungstagen. Ich liege nachts wach und lausche auf die Klimaanlage, die mit einem leisen Rülpsen von Lavendel auf Zitrone umspringt. Das Meer hört man nicht.

James blickt aus imposantem Goldrahmen auf mich herab, verbindlich etwas vornübergeneigt. »Chirurg« ist auf deutsch kein wohlklingendes Wort, es kratzt im Hals und hat die »r« an der falschen Stelle. Auf englisch klingt *surgeon* so schön wie eine angerissene Cellosaite.

Über seine Kinder, diese Enkel eines neapolitanischen Einwanderers, denke ich jetzt anders. Ritchie hat sich, ohne seine Ausbildung zu beenden, weit draußen, fern von Bus und Bahn, eine kleine Klitsche gekauft, ohne Licht, ohne Wasserleitung. Er hat ein kleines Kind. Auch wenn heutzutage die Windeln wegwerfbar sind, gibt es für ein Baby noch immer genug zu waschen, und zu seinem Bad muß das aus dem Brunnen mit dem Eimer heraufgeleierte Wasser auf einem Kohleherd erwärmt werden.

Hier, zwischen Gold und weißem Leder, eingehüllt in schwachen Zitronenduft, fange ich an zu verstehen, was Rebekka mit der »Flucht aus den vollautomatisierten Wohnmaschinen« gemeint haben könnte. Jahrelang hatte ich in Seeham geglaubt, es sei der Inbegriff des Wohllebens, in einem warmen Haus aufzustehen und nicht erst aufs Thermometer schauen zu müssen. Aber ein kaltes Haus in ein warmes zu verwandeln, heißt günstigere Bedingungen für alle schaffen, die darin leben. Der erste kleine Kampf am Morgen, der erste kleine Sieg, und wenn es nur der gegen die Kälte ist, bringt den Kreislauf in Schwung. Auch den seelischen.

Glück, sagt ein afrikanisches Sprichwort, ist: beide Hände ins Wasser tauchen. Am oberbayerischen Alpenrand besteht das Glück aus anderen Dingen. Mit dem Rad heimjagen und eben noch trocken unter Dach kommen, wenn schon die ersten schweren Tropfen des Gewitters aufs Haus fallen, wie von einer Hand geschleudert. Alles Schriftliche erledigt haben, wenn sich aus der Wetterecke nach langem Regen der blaue Himmel hochschiebt, und mit gutem Gewissen in den Garten dürfen. Zu einem Gast sagen können: »So schön wie heute sind die Berge selten zu sehen.«

Das Idealklima ist nicht ideal. Ich bin erst wenige Tage hier, und schon vermisse ich etwas: grünes Gras.

»Doch, das haben wir auch«, verteidigt Candy ihren Wohnsitz.

»Auf dem Golfplatz.«

In dieser Filmausstattungswohnung gibt es für Candy keinen Schreibtisch, nicht einmal eine waagrechte, unverstellte Fläche, auf der man schreiben könnte. Sie schreibt ohnehin meist auf dem Schoß beim Friseur. Auch bei uns ist es ja schon so, daß alle nur mehr telefonieren.

Jetzt weiß ich, warum Candy so ungern aus dem Norden fortwollte und ihre Abreise verzögerte. »Dort sind Jahreszeiten«, sagt sie wehmütig. »Hier ist immer alles so ziemlich gleich.« Ebenso wehmütig zeigt sie mir ein früheres Haus. An einer Art Lagune, mit eigenem Steg fürs Motorboot. Doch für einen golfspielenden Emeritus, dessen Kinder außer Haus sind, war es wohl zu groß und zu arbeitsaufwendig.

Vormittags fahren wir einkaufen. Auf dem glühend heißen Parkplatz steige ich aus und hülle mich in alle Wollsachen, die ich mithabe, denn im Inneren der großen Supermärkte ist es infolge der Klimaanlage eisig kalt. Schon nach wenigen Minuten fühlt man sich wie mit Pfefferminzöl abgerieben, und bald darauf hat man den Hexenschuß.

Abends habe ich vor dem Fernseher meinen angestammten Sessel. Fernsehen ist hier anstrengender als daheim, nicht so eine Halbschlafbeschäftigung. Die Nachrichtensprecher sind zu verstehen, die Schauspieler für mich nicht immer. Sie lehren mich, nie mehr zu behaupten, ich spräche gut englisch. Auch mit der Handlung komme ich nicht immer mit, weil die Werbung ohne viel Federlesens eingeblendet wird.

Da kehrt eine Mutter heim und findet ihr Kind sterbend, oder doch so gut wie. Weinend bricht sie am Bettchen zusammen. Wischblende. Ein Mann ist zu sehen. Es könnte der Arzt sein, vielleicht der Kindesvater, vielleicht einer, der der Mutter näher steht als der Kindesvater und nun in der Stunde der Not auftaucht, oder der Bösewicht, der am Zustand des Kindes schuld ist, meinetwegen der schlimme Hauswirt, der in diesem wenig passenden Moment alle auf die Straße setzt. Er öffnet den Mund, deutet mit dem Finger auf mich und sagt: »Erneuern Sie

Ihre Versicherung. In jedem Falle sind wir für Sie bereit.«

Noch ein anderer Vorgang ist erstaunlich. Die Filme, die ich einmal mit Michael und dem Jungen gesehen habe, haben etwas von damals bewahrt, eine Grundstimmung, Hoffnungen, verdrängte Befürchtungen. Während die Westernhelden ritten, mit dem unverwundeten Arm in gestrecktem Galopp ein Gewehr abfeuerten und trafen und erstaunlich wohlfrisierte Jungfrauen aus brennenden Häusern retteten, hatte ich überlegt, ob wir lieber neue Reifen oder den Eisschrank kaufen sollten, und die Sanduhr der glücklichen Zeit war gelaufen, unhörbar, Korn für Korn. (»Ich besaß es doch einmal, was so köstlich ist, daß man doch zu seiner Qual nimmer es vergißt.«)

In den alten Filmen steckt noch der Duft des schönen Einst, ein wenig stockig geworden wie die Rosen in einer Potpourri-Vase.

James sitzt selten bei uns. Er geht ins Schlafzimmer und sieht im Liegen Sportsendungen, die Candy langweilen.

So lange ich hier bin, ist der zweite Fixpunkt des Tages außer dem abendlichen Fernsehen der Strand. Dort trifft man einige der 150 »Nachbarn«, mit denen Candy auf Grüßfuß steht. Die meisten wohnen in einer der zwölfstöckigen Luxus-Waben, sind heiter und vergnügt, und zu jugendlich angezogen. Ihr schlaffes Fleisch füllt den Bikini an den falschen Stellen aus, ihre schon vormittags blauweiß geschminkten Augenlider erinnern an den Vogel Kasuar in Brehms *Tierleben* (Hippalectryo). Eine von ihnen trug einen Hut aus schwarzem Tüll mit dazwischengesetzten Samtstreifen, der stark wedelte. Von hinten glich sie einem Glamour-Girl. Alle hatten so makellose Zähne, daß sie unmöglich echt sein konnten.

Ich hatte noch nie über würdiges Altern nachgedacht, oder darüber, aus was es besteht. Alle meine Freundinnen altern würdig, viele werden sogar schöner. Auch manche Bäuerinnen in meinem Dorf werden schöner. Sie gleichen den Gestalten auf alten Bildern, wenn sie dasitzen, die gichtknotigen Hände locker im Schoß, in verdienter Muße. Nie würden sie auf den Gedanken kommen, jung bleiben, jung aussehen, noch »mitmischen« zu wollen: Schon ihr Status als Austraglerin mahnt sie an die Realität.

Früher – man braucht das nur bei Ludwig Thoma nachzulesen – gab es genau festgelegte Regeln, wieviel noch zu ihrem Unterhalt gehörte: an Mehl, an Obst, wie oft in der Woche es Fleisch geben und wie weit die Schwiegertochter ihnen das Essen nachtragen mußte, wenn sie einmal krank wurden. So genau geht es jetzt nicht mehr. Dennoch ist die Zeit ihrer Herrschaft vorbei, und sie wissen es. Nur selten habe ich von einer eine Kritik gehört an der nächsten Generation, die nun den Hof bewirtschaftet, etwa »Mei, um die Zeit ha'm ja wir den Habern scho lang anbaut g'habt« oder »Wir ha'm ja no nebenbei Torf g'stochen, aber heuzutag hat ja neamd's mehr koa Zeit nimmer«. Die Beschwerden der späten Jahre werden nicht verschwiegen, aber mit einem versöhnlichen-resignierten »Dös werd' nimmer anders« abgetan. Wenn jemand mich lehrt, würdig zu altern, sind sie es.

Hier am Strand sah ich erschrocken, daß der Aufputz der alten amerikanischen Damen, die in europäischen Städten aus Autobussen quellen, keine Ausnahme war.

Candy wirkt zwischen den anderen wie ein junger Springinsfeld. Sie ergänzt später meine Eindrücke durch Details.

Die Damen leben von Bleichsellerie-Stangen und Magerjoghurt, wollen dafür aber auch auf ihre phantastische Figur angeredet werden. Es sind liebevolle Großmütter, fanatische manchmal, vergnügte Bridgepartnerinnen, kluge Verwalterinnen großer Vermögen, die zu erwerben sich einige ihrer Ehemänner bereits totgearbeitet haben, hilfreiche, treue Freunde und in Dingen karitativer Spenden von unfaßbarer Großzügigkeit. (Das heißt *mir* unfaßbar. Ich habe gelernt, daß das verächtliche »Die haben es ja« kein Argument ist. Der Volksmund dreht es ja schon um in »*Weil* er nie was herschenkt, ist er reich«.) Schade, daß sie sich so herrichten, als gedächten sie den eigenen Schwiegersohn, den Bademeister, den Parkplatzwächter zu verführen. Die Vergötzung der Jugend und des Sex scheint sie auf einen falschen Weg gelockt zu haben.

Die uralte Mistinguett in Paris sagte: »In meinem Alter zieht man sich nicht mehr an, man verhüllt sich.«

Mir scheint, als seien die hiesigen Damen in Dingen der sogenannten Gastfreiheit viel weniger rigide als wir daheim. Gewiß, sie geben selten oder nie das, was man zur Zeit meiner Eltern ein »gesetztes Essen« nannte.

Eine deutsche Hausfrau einer gewissen gesellschaftlichen Kategorie brütet tagelang an einer Tischordnung, weil sie höchstens ein, zwei Damen mehr als Herren einordnen kann. Sie ängstigt sich, einer der Herren könne absagen, freut sich über jeden Junggesellen, jeden Witwer, jeden Geschiedenen von einigem Charme, denn in ihm hat sie zwei »männliche Seiten« für ihre bunte Reihe. Sie fände eine Party nicht gelungen, bei der zehn weibliche Wesen drei männlichen gegenüberstehen. Hier ist das anders. Nicht nur der Frauenüberschuß, nicht nur die Tatsache, daß die Männer früher sterben, scheint hier akzeptiert, es ist anscheinend nicht einmal mehr ein Tabu, und damit sind ein paar »Vorschriften« für »Anlässe« über Bord gegangen.

»Du bist jetzt allein«, hatte man zu Hause zu mir gesagt, »ab jetzt wirst du nur noch zu Damentees gebeten.« Oder noch bitterlicher: »Du wirst sehen, wie deine Heimat sich verändert, wenn du keinen Beschützer mehr hast.« Stimmte denn das? Und war es hier anders?

Im Englischen gibt es kein Wort für »gute Bekannte«, daher wird alles »Freundin« genannt, auch was diese Bezeichnung nicht verdient. Bei uns galt: Eine Freundin ist jemand, den man früh um drei anrufen kann, weil man das Leben nicht mehr erträgt oder einem der Blinddarm durchbricht, und die dann nicht sagt: »Bist du wahnsinnig? Es ist drei Uhr!« sondern »Atme mal tief durch, ich bin schon unterwegs«. Und bei der man sehr viel später erst erfährt, daß sie ausgerechnet an diesem Abend selbst erst um Mitternacht ins Bett gekommen ist.

Ob Candys Freundin Ethel in diese extreme Kategorie gehört, kann ich nicht beurteilen. Ich finde sie wunderbar. Sie redet Candy mit dem altmodischen »meine liebe Candace« an, statt mit *honey, darling* oder *my pet*. Sie hat nichts Kakelbuntes, nichts Auffallendes an, sie geht mit einem »Pardon, aber alte Haut wird leicht spröde« und fettglänzendem Gesicht an den Strand. Sie ist die Ausnahme von der Regel.

Wenn Zeit dazu ist, erfreut sie mich mit Berichten über ihre Mutter, die ein vollkommen anderes Amerika zeigen. An die forschen »Westward-ho« pilgernden Frauen mit den langen, weiten Röcken und Häubchen, die aus Planwagen schießen, kutschieren, Brot backen und am Straßenrand Kinder kriegen konnten, erinnert diese Mutter nicht. Ob deren Ahnen wirklich mit der legendären *Mayflower* aus Europa gekommen sind, ist unwichtig. Jedenfalls fühlte sie sich so adelig wie die Medici in Florenz. Zu ihrer Zeit galt: Von einer Dame hört man nur viermal in den Zeitungen: bei ihrer Geburt, bei ihrem ersten Auftreten in der Gesellschaft, bei ihrer Heirat (mit Bild) und bei ihrer Beerdigung. Die Regenbogenpresse scheint es damals nicht gegeben zu haben.

Sie hatte nicht gewußt, wieviele Zimmer im Haus

ihrer Eltern waren, wohl aber die Zahl der Jagdhunde und deren Namen. Die Butterbrote im Kinderzimmer waren hauchdünn, der Käse mußte so fein geschnitten werden »wie Postpapier«, sonst machte er schwere Träume. Über dem Waschbekken waren handgeschnitzte Vertäfelungen, die Wasserhähne hatten die Form eines Delphins, aber nur kalte Waschungen und Güsse galten als gesund. Sie waren es wohl auch gewesen. Die alte Dame war 95 geworden und hatte schließlich die Generationen verwechselt, aber nie die falschen Schuhe zum falschen Kostüm angezogen, auch zuletzt nicht.

»*She was wonderful, bless her heart*«, sagte die Tochter schließlich.

Über Musik und Gedichte kann ich hier nicht sprechen. Auch zu Hause sind schon alle tot, mit denen man über Gedichte sprechen konnte.

Ich hätte gern komponieren gelernt, und zwar Programmusik. Ein Gewitter über einem derben Bauerntanz wie in der *Pastorale*, ein höfisches Fest, in dem alle Rosen schon welken wie im *Tombeau de Couperin*. Oder doch Musik studiert. Und wenn schon das alles nicht, ein Gedicht zustande gebracht. Ein Haiku mit nur drei Zeilen, in denen so vieles enthalten ist. »Mondbeleuchteter Weg . . . die Eule verkriecht sich . . . in einem Heiligenschrein . . .«

Wir fuhren nach Miami, mit Ethel, in ein Restaurant, das am hellen Mittag halbdunkel wurde, so daß man die Preise auf der Speisekarte nicht lesen konnte – eine Vorsorgemaßnahme vermutlich.

Man fror wieder erbärmlich wegen der Klimaanlage. Vor dem Eingang stand eine verkleinerte Ausgabe der Nike von Samothrake. »Affengröße« heißt dieses Format bei den Porträtisten. Daran, daß ich mich darüber ärgerte, merke ich, daß ich schon weit lebendiger bin als vor ein paar Wochen. In Lebensgröße war die Siegesgöttin einst von ihrem Treppenabsatz durch die weite Halle des Louvre auf mich zugeflogen, flügelrauschend, ohne Kopf, triumphierend, die Gewänder in unsichtbarem Wind flatternd. Ihre Schönheit war in ein begieriges Herz gefallen. Auch damals war ich allein gewesen, aber auf andere Weise als hier im halbdunklen Luxusrestaurant in Florida.

Gegenüber dem Restaurant lag ein Parkplatz, gedrängt voller Autos. Darüber ein großes Flachdach. Auf dem Flachdach ein Tennisplatz.

Raum ist kostbar in Miami.

Die Damen unterhielten sich über mir Unbekannte. Es ist merkwürdig, wie wohlwollend sie sind. Sie wissen so viel voneinander, aber ich habe sie noch nie Schlechtes über Dritte reden hören, möglicherweise denken sie es nicht einmal. Schildern sie mir jemand, um mich ins Bild zu setzen, klingt es so übertrieben positiv wie eine Heiratsannonce. Vielleicht tun sie es aus dem gleichen Impuls heraus, aus dem sie auf Fragen nach ihrem Ergehen nie ihre Leiden erwähnen. Immer geht es ihnen *fine* oder prima. Sie möchten den Fragenden nicht belasten. Oder zweifeln sie an seiner Aufrichtigkeit?

Auch bei diesem Gespräch höre ich von Hilfsaktionen, von Freundesdiensten, von einem extremen Füreinander-da-Sein. Stammt es aus den Pioniertagen, wo nächst Gott der Nachbar derjenige war, der einem beistand?

Weil ich glaube, daß das bei uns im allgemeinen nicht ganz so funktioniert, erzählte ich Candy und Ethel von dem Mann aus Westfalen, den ich auf einer Lesung kennenlernte und mit dem ich längere Zeit korrespondierte.

Im Bombenterror, im Keller sitzend, während die Deckenleuchte von Zeit zu Zeit erlosch, der Putz rieselte und die Kinder brüllten, hatte er sich gelobt, wenn er und die Seinen heil davonkämen, würde er ein Jahr seines Lebens den Mitmenschen schenken.

Er wurde dann evakuiert, zog um, und als alles wieder stand und lief, die Kinder berufstätig waren, ging er nach Bethel und sagte: »Hier bin ich. Ich habe keine Krankenpflege gelernt, aber ich kann Rollstühle schieben, Bettschüsseln ausleeren, füttern und vorlesen.« Es wurde dann nur ein halbes Jahr, weil er einen Herzinfarkt bekam und aufhören mußte, aber in den himmlischen Kontobüchern wird es schon richtig vermerkt worden sein.

An meinen Sohn (Wie mag es ihm gehen? Wer tut ihm Liebes und wer Leides?) brauche ich nicht zu schreiben, daß es eine ganz andere Reise geworden ist, als die in Seeham im Wohnzimmer geplante. Wir schlagen ähnliche Klingen und können uns auf Andeutungen beschränken. Ich kaufte eine Postkarte, auf der gelber Sonnenschein trieft und die Reisegelüste wecken soll, und schrieb unter das Datum: »Ich sehne mich nach Schwarzbrot und Arbeit. Sonst alles unter Kontrolle.«

Ethel war es, die vorschlug, *dear Isabel* die *controlled environments* wenigstens von außen zu zeigen. Unter einer ›kontrollierten Umgebung‹ konnte ich mir nichts vorstellen. Vielleicht ein Art Zoo?

Es ist ein Zoo. Für wohlhabende, alte, ängstliche Leute, die sich infolge ihres Reichtums und ihrer Gebrechlichkeit bedroht fühlen und nun hinter riesenhohen Drahtgittern, manchmal auch elektrisch geladenen Zäunen wohnen, eine kleine Stadt für sich. Gepflegte Rasenflächen und Parks liegen zwischen den Bungalows. Ein bis an die Zähne bewaffneter Posten, sicherlich ausgebildeter Scharfschütze, bewacht den Eingang. Durch das Tor wird nur eingelassen, wer einen Ausweis hat oder persönlich bekannt ist, auch als Personal, auch als Lieferant.

In meinen Kopf entstehen sofort Krimis. Wie, wenn einer »krankheitshalber« einen anderen vertritt, vordringt zu den alten Leutchen, sie bedroht, ihnen die Wertsachen nimmt – wie kommt er wieder hinaus? Auf dem gleichen Wege? Wann wird das Verbrechen entdeckt?

Ethel meinte, in so ein Getto würde sie nicht ziehen. Wann das Leben zu Ende sei, selbst durch Überfall und Mord, sei vorherbestimmt.

Candy äußerte sich nicht.

Noch lange dachte ich an diese Sicherheitsverwahrung von Nicht-Kriminellen in dem Compound, dieser Festung gegen Angst, gegen Verbrechen, eine wirkliche »Schutz-Haft« ohne das grauenvolle Odium, das diesem deutschen Wort anhaftet.

»Alle Angst kommt aus lebendigem Herzen.«

Bei ›Angst‹ muß ich an ein paar Gespräche in meinem Dorf denken. Fragte mich eine wohlmeinende Bäuerin: »Fürchtst di du net, Dirndl?« (Ich bleibe immer Dirndl, auch wenn ich dereinst an Krücken gehe, vornübergeneigt wie ein Fragezeichen.) Antwortete ich »Nein«, bekam ich Grauenhaftes aufgetischt, mit dem zu rechnen sei. Hatte doch erst kürzlich in X. . . hatte man nicht gerade erst in der Zeitung gelesen, daß in Y. . .

Antwortete ich auf die gleiche Frage: »Ja, Mutter, ich fürchte mich immer, Tag und Nacht«, bekam ich tröstende beschwichtigende Worte zu hören, etwa: »Du brauchst dir nix denga. Was is'n bei dir scho zum holn, oder? In der Stadt, da sagat i ja nix, aber bei uns heraussen. . .«

Welche Lust am Widerspruch tritt da hervor? Lieb gemeint war es in beiden Fällen, auch bei der Alten, die rügte, daß der Acker vor meinem Haus mit übermannshohem Mais bebaut sei. Da könnten sich doch leicht »welche« verstecken. Welche?

»Und überhaupts mit dera Gaudi jetzt . . .«

Womit sie den Terrorismus meinte.

Wieder ein Brief von Mami. Große energische Schriftzüge bis an den Rand. »Genieße die viele

Sonne«, hieß es darin. »Hier herbstelt es schon sehr.«

Ich nahm mir vor, die Sonne zu genießen, die so vergeblich auf mich schien.

Doch am nächsten Morgen trug die Sonne ein Hemd. Ein seltsamer Dunst überzog den Himmel.

Die lustige Schwarze mit dem biblischen Namen – ich glaube, sie heißt Bathseba – kam wieder aufräumen. Ich hatte schon ein paar Mal bewundert, wie gut sie mit den vielen automatischen Apparaten umgehen kann, an denen kleine Uhren angebracht sind, die manchmal klingeln, dem programmierten Herd, der Waschmaschine. Ich hätte immer Angst, einen Auflauf bügelfertig, meinen Badeanzug tiefgefrostet wiederzubekommen.

»*You like music?*« fragte ich sie bei den munteren Weisen. Ich wollte ihr gern etwas Nettes sagen, weil sie doch auch hinter mir herputzte.

Sie wandte mir ihr dunkelglänzendes Gesicht zu und sagte, sie höre die Vorwarnungen für einen Wirbelsturm.

»Er heißt Betty«, sagte sie noch, als ließe sich das nahende Unheil dadurch wohlwollender stimmen. Vor sich hinträllernd und mit dem Staubtuch wedelnd, trat sie von Zeit zu Zeit auf den Balkon und blickte tief, tief hinunter wie in einen Brunnenschacht. Sie sah nach ihrem Wagen. Fürchtete sie, Betty sei schon da und habe ihn fortgeweht?

Beim Wiederhereinkommen hob sie kokett die Schultern und lieferte mir die spaßhafte Imitation eines Angstgewimmers, die eine Hand vor die Stirn gelegt. Zwischen den Fingern und in der Handfläche war sie sonderbar rosig. Ihr Alter einzuschätzen war unmöglich.

James kam mittags einigermaßen zerzaust nach Hause, der Wind frischte auf. Er warf eine Zeitung auf den Tisch, deren Schlagzeilen sich mit ›Betty‹ beschäftigten. Ich holte mir später das Blatt zu einem der Riesensessel. Die Grundregeln, die nun zu beachten waren, standen darin noch einmal fett gedruckt:

Haben Sie genügend Nahrungsmittel im Haus, die keiner Kühlung bedürfen? Dosenfleisch, Suppen, Fruchtsäfte, Milchpulver, Kekse?

Sind die Batterien in Ihrem Transistor voll aufgeladen? Wenn der Strom ausfällt, müssen Sie weiter behördliche Durchsagen hören können.

Ist Ihr Wagen voll aufgetankt für den Fall, daß Sie wegfahren müssen, ehe die Tankstellen wieder öffnen? Bedenken Sie jedoch: Wenn Ihr Haus solide gebaut und weit genug vom Wasser entfernt ist, dürfte es der beste Ort sein, um darin das Weitere abzuwarten.

Füllen Sie Ihre Krüge, Flaschen, Teekessel und die Badewanne mit Wasser. Die städtische Wasserversorgung kann unterbrochen werden oder nur noch verseuchtes Wasser liefern.

Ist Ihr Erste-Hilfe-Kasten richtig ausgestattet und kontrolliert? Halten Sie ihn bereit.

Sorgen Sie für Trockenbrennstoff für Ihre Kerosin-Kocher und -öfen und stellen Sie durch Probekochen fest, ob Sie richtig damit umgehen können.

Gehen Sie in den Garten und schneiden Sie tote Äste und Palmwedel ab. Bei Windstärken um 10 oder 12 werden sie zu gefährlichen Waffen.

Bringen Sie alle Liegestühle und Gartenmöbel in Schuppen unter. Demontieren Sie aufrechtstehende Briefkästen, Straßenschilder, Radio- und Fernsehantennen.

Vernageln Sie rechtzeitig große Fenster und Glastüren mit Brettern.

Stellen Sie Werkzeugkasten mit Schraubenziehern, Nägeln, Hammer und so weiter innerhalb des Hauses griffbereit.

Lassen Sie an der windabgewandten Seite des Hauses ein Fenster einen Spalt weit offen. Das vermindert die Chance, daß Dach oder Wände nach außen geblasen werden, weil sich in diesem Fall im Inneren kein höherer Luftdruck als draußen bilden kann.

Ist der Sturm vorbei: Vorsicht mit am Boden liegenden Hochspannungsdrähten!

Den Schluß der Ratschläge bildete die fast nekkisch formulierte Aufforderung, sich nicht vom sogenannten »Auge« des Sturms und einem Nachlassen der Windstärke täuschen zu lassen, er sei dann nicht vorüber, sondern käme – manchmal sogar mit gesteigerter Gewalt – aus der entgegengesetzten Richtung zurück. Entwarnung gebe allein das Wetteramt.

Ich faltete die Zeitung sorgfältig zusammen und legte sie zurück auf den Teewagen. Meine Seehamer daheim hätten hier ein kräftiges »O mei, pfüat di Gott« eingeschaltet und damit das Gleiche gemeint wie ich, nämlich: Welch hoher Preis für ein ideales Klima!

Die Warnungen scheinen doch für eine andere Gegend zu gelten. James und Candy sind wie immer, und als das Telefon klingelte und ich eine besorgte Anfrage von Candys Bridgepartnerinnen erwartete, oder von Verwandten aus anderen Staaten, die Radio gehört hatten, erwies es sich als heiteres, simples Gespräch über eine bevorstehende Hochzeit und darüber, welche Geschenke wohl willkommen wären.

Nachmittags kam sogar die schwarze Bathseba noch einmal mit einem Paket Wäsche, pustete übertrieben spaßhaft, um anzudeuten, daß es jetzt draußen sehr windig sei, verabschiedete sich aber mit einem munteren »Also dann bis Montag«. Ich konnte ruhig noch einmal schwimmen gehen.

»Aber nicht im Meer«, sagte Candy ungewohnt streng. »Du darfst nur noch in den Swimmingpool.«

Als ich schließlich im Parterre war, hatte jemand die Tür zu den Gartenanlagen verschlossen. Ich rüttelte und stemmte, aber die Tür rührte sich nicht. Schließlich kam jemand Höfliches hastig herbei, um mir zu helfen.

Die Tür war gar nicht verschlossen gewesen. Der Wind drückte sie zu. Als wir sie zu zweit aufbrachten, brauchte ich nicht mehr die paar Schritte bis zum Swimmingpool zu gehen. Der Swimmingpool, verwandelt in eine Wassersäule, kam mir entgegen. Ich war im Umsehen total naß und der hilfreiche

Mitbewohner auch. Der Wind schien von oben zwischen die hohen Häuser zu fahren wie eine riesige Faust.

Ich kehrte um, auf alberne Art zufrieden, daß die ausgesperrte Natur sich nun doch endlich ihr Recht verschaffte.

Daheim in Bayern ist so ein Unwetter nach einer Stunde vorbei. Ein schwaches Licht aus dem Fenster des Nachbarn zeigt, daß die geweihte Wetterkerze brennt. Gebetet wird nur noch selten, und die Kinder dürfen weiterschlafen.

Wie war das hier?

»Na, hoffentlich wird es nicht zu schlimm«, hieß es pflichtgemäß nach nochmaligem Nachrichtenhören. »Betty scheint vorbeizuziehen.«

Ich schloß die Tür meines Schlafsalons. Nach den Warnvorschriften in der Zeitung wunderte es mich, daß hier nicht eine Art Luftschutzgepäck bereitgestellt wurde, wie bei uns im Krieg. Und wieso hing keine Planskizze irgendwo neben dem Lift für den Fall, daß man das Gebäude räumen mußte . . .

Wie viele Wochenschaubilder, wie viele Katastrophenberichte sind fein säuberlich im Gedächtnis gespeichert: verwüstete Straßen, im Wasser treibende Autos, wie Streichhölzer geknickte Bäume und Masten, Hausteile, die über die Felder tanzen wie weggeworfene Pappbecher . . .

Der Sturm winselte jetzt wie ein ausgesperrter Hund, und manchmal schien mir die Luxuswabe ganz leicht zu erzittern.

Sollte ich nicht doch lieber angezogen bleiben?

Konnte ich drüben am Eheschlafzimmer anklopfen und das fragen?

Ich stellte die Handtasche mit Geld und Papieren neben mich auf das Kopfkissen und saß aufrecht im Bett.

Diese Bewohner Floridas hatten zwar nie ›Feindeinwirkung‹ auf ihr Land erlebt, weder von oben, noch von vorn oder hinten und schon gar nicht von allen Seiten wie wir, andererseits kamen hier Naturkatastrophen häufiger vor als bei uns. Da mußten sie eigentlich Bescheid wissen . . .

Der Sturm brüllte und wummerte jetzt. Manchmal war es, als keilten hunderttausend Pferde gleichzeitig aus und versuchten, eines der vielen Fenster kaputtzukriegen.

Kein Zweifel, die Lage war ernst.

In mir sammelte sich allmählich so etwas wie Zorn. Ich schob mein Herzklopfen darauf. Hatte ich nicht Apoll, oder wer da zuständig war, seinerzeit dringend gebeten, mich mit Michael gleichzeitig abzurufen, wenn schon das mit dem Nußbaum und der Linde wie bei Philemon und Baucis nichts würde? Patschnaß und grimmig heiter hatte ich bei manchem Gewitter in Seeham auf den Verandastufen gesessen, während es rechts und links krachend einschlug, und darauf gewartet, daß Apollos Blitz mir die Arbeit des Übertritts abnähme. Die himmlischen Computer waren wohl schon immer recht eigenwillig programmiert gewesen, sonst wäre der Spruch »Gott gibt die Dinge zu seiner Zeit« nicht in allen Sprachen so verbreitet.

Dies also schien »seine Zeit« werden zu wollen.

Zwischen den mit Mickymausfiguren bestickten Handtüchern und den trocken raschelnden Palmen.

Palmen? Ob die noch standen?

Draußen war es stockfinster, man konnte nichts erkennen. Auch schien es mir unnötig riskant, lange am Fenster stehenzubleiben und das Gesicht an die Scheibe zu drücken, denn irgendwo hörte man schon Glas klirren.

Ich zog mich nun doch wieder vollständig an. Den einen Strumpf verkehrt herum.

Ich hätte meinem Sohn sagen sollen, daß er den Erbschein bei der Verwertungsgesellschaft Wort vorlegen muß . . .

Meine Mäntel würden meinen Nichten ohne Änderungen passen . . .

Die *Carmina Burana* hätte ich gern noch einmal aufgeführt gesehen . . .

Wie brach eigentlich ein so hohes Gebäude zusammen? Stürzte es seitwärts um, und rutschten die oberen Etagen vor den unteren ins nahe Meer, oder krümelte alles nach innen? Papa hätte sich dafür interessiert . . .

Etwas donnerte in den Hof, lauter als der Sturm, furchterregend, alles erschütternd.

Es mußte ein Teil des Baukrans vom Grundstück nebenan sein, oder etwas vom Gerüst . . .

Bei so vielen Bewohnern in diesem Riesenhaus würde gottlob niemand auf die Idee kommen, meine Reste in einem verlöteten Zinksarg übers Meer heimzuschaffen. So etwas kostete Unsummen und war bei einem freien Beruf kaum abzuzahlen, auch für meinen Sohn nicht.

Außerdem war es Unsinn. Wenn man hinterher tatsächlich nur noch Geist und nicht mehr Materie war, genügte es, meinen Namen auf dem Stein im kleinen Pestfriedhof einzumeißeln. Meine Seele würde dann schon hinfinden, wie bei Eichendorff – »flög durch die stillen Lande, als flöge sie nach Haus . . .«

Seit wie lange war sich die Sturmstärke nun schon gleichgeblieben? Oder steigerte sie sich noch? Konnte sie sich überhaupt noch steigern? Das Licht brannte. Taub war ich bestimmt schon, blind noch nicht.

Du lieber Himmel, und ich hatte mir gewünscht, daß die Schlußtakte meines Lebens so wären wie in Smetanas *Moldau*, wo sie immer breiter und stiller und seliger ins Meer strömt, oder wie Daphnes Verwandlung in den Baum. Erst: »Ich komme, grünende Brüder«, dann nur noch wortlose Stimme, dann nur noch ein zartes Klingeln und schließlich nur noch Licht . . .

Und statt dessen dieses irre Getöse!

Als ich mir gerade überlegte, ob ich meinen Schuldigern vergeben hätte, ging die Tür auf. In kurzem Baby-Doll-Nachthemd stand Candy im Zimmer. Ihr weißes Haar leuchtete über ihrem viel zu jungen Gesicht.

»*You are not worried, are you?*« fragte sie, »*I'm here.*«

Alle Schlagzeilen heute morgen sind sich gleich: keine Politik. »Betty wendet sich nach Nordwesten.« Alle Gespräche, auch zwischen Leuten, die sich nicht kennen, drehen sich um das gleiche Thema. So war es im Krieg nach nächtlichen Luftangriffen.

»In Charlottenburg soll viel zerstört sein . . .« »Zufällig hatte ich gerade gestern . . .« »Wir waren in der Waschküche, als es losging . . .«

So dachte ich denn an Berlin, während ich in der kaum abgekühlten Luft unter strahlend blauem Himmel wanderte. An Berlin, in dem kaum einer meiner Freunde von damals noch lebte und nur gewisse U-Bahnstationen in märchenhafter Unberührtheit weiterexistierten. Als ich das letzte Mal dort war, wuchs aus dem Schutt der oberen Etagen eines Hauses ein Birkenbäumchen in Höhe des zweiten Stockes dort, wo ich einst ein Fest gefeiert hatte, bei dem man das Grammofon noch eigenhändig hatte aufziehen müssen. Ein Fest mit viel Alkohol und Salzmandeln, voller Lebensgier und Todesahnung im Jahre 1939. Ich ging die ehemaligen Wege, und aus den regennassen Gebüschen der Vorgärten tropften die Melodien der alten Schlager.

Außer einem näheren Zusammenrücken der Bewohner durch einen großen Wind hat die Luxuswabe noch eine Sensation: Auf dem Nachbargrundstück ist ein Schiff gestrandet. Dick und breit und kläglich sitzt es auf dem Trockenen unter Palmen, offenbar ein kleiner Frachter. Der Bug ist in den Swimmingpool der Inhaberin gebohrt, die verreist ist. »Weiß sie es schon?« fragt man sich gegenseitig. Hobbyfilmer kurbeln das seltene Ereignis für gemütliche Abende. Ein einzelner Seemann war gestern vorübergehend auf dem schiefhängenden Deck zu sehen, wo er etwas festzurrte und böse auf die fotografierenden Zuschauer blickte. Er empfand sich vielleicht als irgendwie verhöhnt, so auf dem Trockenen.

Es heißt, die Angstträume des beginnenden Alterns seien nur Übertreibungen von bereits im Keim vorhandenen Behinderungen, deren man sich im Wachen noch nicht bewußt geworden ist.

Ich hatte oft Angstträume. Nach Michaels Tod konnte ich anfangs nichts mehr finden, aus Angst, es verschlampt, verlegt, verloren zu haben. Schließlich legte ich alles wirklich Wichtige: Schlüssel, Geld, Dokumente auf das Wandbrett über meinem Bett, als sei der Boden des Hauses nicht mehr fest und könne alles verschlingen. Das wurde später besser.

Ein Angsttraum kehrte immer wieder: Verirrt in der unbekannten Stadt, versuche ich Kontakt zu helfenden Menschen aufzunehmen. Die endlich gefundene Telefonzelle ist verwirrend, das Licht ist schlecht, das Gedächtnis gibt die Nummer nicht mehr her, das Telefonbuch ist im Halbdunklen nicht zu lesen oder zu klein gedruckt; habe ich sie endlich gefunden, vergesse ich sie, ehe ich die Münzen in den Schlitz bekommen habe. Sekunden später merke ich, daß es die falschen Münzen sind. Ich habe die Landeswährung gar nicht bei mir. Weil ich in Panik gerate, weiß ich nicht einmal mehr, in welchem Land ich bin. Unverrichteter Dinge irre ich weiter, hoffe eine Straße, ein Haus an einer Ähnlichkeit zu erkennen, mich zu erinnern, zu Freunden, zu etwas mir Bekanntem vorzustoßen.

Wovon wird der Alptraum ausgelöst? Werde ich die Nummer wirklich bald nicht mehr wählen können, weil ich mich dabei irre? Finde ich »den Kontakt« zu anderen Menschen nicht mehr? Schon merke ich, daß ich auch in der Realität in Telefonzellen einhänge wie nach einem Sieg, wenn das Gespräch zustande gekommen ist, und in meiner Erleichterung dann irgend etwas liegenlasse. Erleichterung darüber, daß ich jetzt »weiß, wie es weitergeht«.

In letzter Zeit habe ich mich ganz dem überlassen, was Candy beschloß. Sie wußte, wie es weitergeht.

Neuerdings fangen die Angstträume wieder an.

Candy war eine so gute Zuhörerin, es ist fast schade, daß wir nie mehr Zeit zum Geschichtenerzählen haben. Ihre Berichte werden karger, seit sie in ihren eigenen vier Wänden ist. Vielleicht fürchtet sie, daß James dazukommen und in ein gutmütiges *Now look here, that's nonsense!* ausbrechen könnte. James ist ein Richtigsteller. Er sagt »Aber das war doch das Jahr vorher, und Jack war gar nicht dabei . . .«, auch wenn es nicht wichtig ist.

Einmal in Berlin erzählte ein Polarforscher bei Freunden von seinen Erlebnissen, dem dramatischen Nordlicht, der langen Finsternis, die die Lappi-Krankheit auslöst, eine melancholische Gereiztheit, in der man einander nicht mehr im gleichen Zelt dulden will, den eisverkrusteten Brauen und Bärten. Alles wurde lebendig, unwillkürlich nahm man die linke Hand in die rechte, froh daß sie noch warm war.

Da ertönte aus dem Hintergrund die Stimme der Hausfrau: »Sie sagten, nördlich von Spitzbergen? Da ist aber im Atlas nichts eingezeichnet – oder meinen Sie im nördlichen Teil?«

Fort war der Zauber, die dunkle Kälte, die flammende Borealis, die hoppelnden Seehunde, wir saßen in einer Berliner Wohnung, unbeteiligte Zuhörer, und würden mit der U-Bahn nach Hause fahren.

Vor vielen Jahren in der Münchener Elisabethstraße hatte Papa außer mit seiner Malerei auch noch mit einer Art Büro zu tun. Es ging dabei um Wolle und Tuch, hieß holländisch und endete mit dem Wort Matschappij. Aus jener Zeit waren – getreulich immer wieder umgezogen und so bis nach Seeham gelangt – Stapel von rosa Papier übriggeblieben, ehemalige Geschäftsbriefdurchschläge wohl. Für DIN-Format zu breit und zu kurz, jedes Blatt in der rechten oberen Ecke numeriert. Als Mama schließlich energisch sagte, wenn wir immer alles aufhöben, wüchsen wir eines Tages zu, gab Papa mir den ganzen Stoß mit dem Bemerken: »Da, schreib deine Memoiren drauf.«

Für meine Memoiren war es zu früh. Aber das Papier verlockte mich zu Variationen und Etüden über ein Thema, vor dem ich – jung verheiratet und von meinem Mann getrennt – noch immer stand wie vor dem brennenden Weihnachtsbaum: Michael und ich. Ich und Michael.

Das Wunder des Nichtmehrsuchens, des Gefundenwordenseins, das mich Tag und Nacht beschäftigte, entlud sich in einem ungeheueren Schwulst. Es entstand das, was wir später doppeldeutig »die rosa Geschichten« nannten. Sie kamen in einen Klemmhefter, den letzten, der im Schreibwarengeschäft der kleinen Kreisstadt noch zu haben war (schließlich war schon vier Jahre Krieg). Der Klemmhefter kam in den Schrank auf dem Bastelboden, neben Bruder Leos Zinnsoldaten, die Puzzles für verregnete Sommertage vor dem Fernsehzeitalter, zur Bowle aus Mamas Elternhaus, die wir an meinem Polterabend gebraucht hätten, die aber just zu diesem Zeitpunkt beim Spediteur in München stand.

Schätzungsweise zwanzig Jahre später brauchte ich den Platz im Schrank für die Durchschläge von Übersetzungen. Es kamen, leicht stockig riechend, die rosa Geschichten zutage.

Ich las sie mit neuen Augen.

In meinem Bestreben, möglichst viel sprachliches »Milieu« in den kurzen Skizzen unterzubringen, vielleicht auch schon in ahnungsvoller Vorwegnahme späterer Sprachturnereien beim Übersetzen, hatte ich sie fast wie die Parodien in Neumanns *Mit fremden Federn* geschrieben. Kein Wunder, eine eigene Feder hatte ich ja nicht gehabt. Schaudernd las ich Wendungen wie »die sieghafte Macht des neuen Frühlings« oder »die Kugel, die seine treue Brust durchbohrte«. Sie waren sowohl widerwärtig wie rührend, diese vielen fremden Leben, die ich Michael und mir angemaßt, angemessen hatte, in allen möglichen Ländern, Jahrhunderten, einmal sogar in

Tiergestalt. Sie zeigten deutlich den Fluchtversuch aus dem trostlosen Kriegsalltag, eine Angst vor der Zukunft und ein paar steckengebliebene Backfischträume.

Was den Inhalt betraf, so war einiges los, was man heutzutage als ›action‹ bezeichnen würde.

Da half mir ein Buckliger namens Jacopo, in der Renaissance eine Giftmordleiche durch die Bodenklappe eines venezianischen Palazzo in der Lagune verschwinden zu lassen.

In einer Oase, wo gerade ein Kamel von einer Giftschlange gebissen worden war, fand ein herzzerreißender, aber zukunftsträchtiger Abschied statt, angereichert mit allen Namen – auch für die übrigen, nicht von der Schlange gebissenen Kamele – die ich aus *Tausendundeiner Nacht* noch in Erinnerung hatte.

Im Biedermeier waren Michael und ich ein Bäkkermeistersehepaar in der Nähe des Viktualienmarkts in München. In diesem Fall stimmten wenigstens Dialekt und Umgebung.

Die Liebesgeschichte aus dem Operettenmilieu zu Beginn des Jahrhunderts erwies sich als ein Extrakt aus sämtlichen einschlägigen Filmen, auch solchen mit Gitta Alpar und Martha Eggerth.

Auch in einem englischen Herrenhaus wohnten wir jahrelang in aller Pracht und Herrlichkeit, mit Butler und Teemahlzeiten auf gepflegtem Rasen, bei denen die Hinterbeine der Gartenstühle ein wenig im Boden einsanken, und starben, alt und ledern geworden, geplagt von Rheuma und Leberleiden, aber noch immer überirdisch glücklich miteinander.

Bei der Schilderung des harten Lebens einer Bergbäuerin (immerhin mit mehr Thoma als Ganghofer) hatte ich Michael pikanterweise die Rolle des Knechts zugewiesen, mit dem ich den Bauern jahrelang betrog.

Ach, und dann die Geschichte mit dem Liebespaar im mittelalterlichen Paris (mir hatte eine alte Karte zur Verfügung gestanden) als fahrende Scholaren, zu einer Zeit, als noch an Stelle der heutigen Sorbonne Stroh auf die Gasse gebreitet wurde, damit die Schüler sich während der Vorlesungen unter freiem Himmel lagern konnten. Unnötig zu erwähnen, daß bei der ausbrechenden Pest nur wir beide übrigblieben. Um uns aber vom leichenbedeckten Schauplatz zu räumen, ließ ich uns Hand in Hand ungefähr an der Porte St. Martin im aufglühenden Morgenrot verschwinden.

Hätte Papa gemerkt, was aus dem von der Handelsmatschappij hinterlassenen Geschäftspapier geworden war, er hätte mit Sicherheit Morgenstern zitiert: »Laß die Phantasie nicht wildern, halte sie vielmehr im Zaum.«

Am Strand, während Candy und ich auf das von ›Betty‹ noch immer beunruhigte Meer hinausschauten, merkte ich, daß die rosa Geschichten zu verschroben waren, um sie ihr zu erzählen. Manchmal bat sie mich noch um *another story*, aber eine Zeit war abgelaufen. Es kamen auch, selten, aber immer im unrechten Moment, einige der elegant ausgezogenen Seniorinnen vorbei und stürzten, sobald sie Candy erkannten, jubelnd zu uns in den teerverkleckten Sand.

Wir fanden nur noch manchmal kürzere Augenblicke, um einander »Weißt du noch?« zu fragen oder »Was ist eigentlich aus Soundso geworden«, und es erstand ein ins Paradiesische gesteigertes München *à la recherche du temps perdu*.

An der Tür des Apartments ist, so lange ich hier bin, nie geläutet worden. Am würdigen Portier kommt niemand vorbei: kein Traktatverteiler, kein Zeitschriftenwerber, kein Kaminkehrer und schon gar kein Besuch, wie er mich so oft überfällt, weil er mich »leider telefonisch nicht erreicht hat und nur eben mal sehen wollte, ob ich da bin«.

Man weiß ja beim Betreten des riesigen Gebäudes nicht einmal, wer darin wohnt, muß fragen und sich dadurch zu erkennen geben. Der Portier telefoniert hinauf. Im positiven Fall wird der Besucher droben erwartet. Der Fahrstuhl fährt mehrere Sekunden und steht auch nicht immer gleich bereit. Candy kann also mit einigen Griffen, wenn nötig, Ordnung schaffen.

In allen Großstädten hat man zumindest eine Sprechanlage, aber manch einer schmuggelt sich über das Parterre ein.

Bei mir daheim auf dem Land hat jeder, der nahe genug von außen ans Gartentor herantritt, sofort einen Überblick über die Situation (Hausfrau in verkleckster Kittelschürze, Teppiche zum Klopfen auf dem Rasen, Eimer im Korridor, Pfanne von Mittag her auf dem Verandatisch vergessen). Es genügt hier, daß er seinen Besuch mit einem scheinheiligen »Ich störe doch nicht?« einleitet.

Als ich einmal bei besonders eiliger Arbeit die Gartentore durch Vorhangschlösser sicherte (eine Klingel gibt es nicht), liefen die Besucher durch die Wiese von außen ums Grundstück herum und winkten meinem Schreibtisch gegenüber über den Zaun, bis ich mich stören ließ.

James und Candy können den Portier instruieren, sie seien verreist, und sich vollständig abblokken.

Nur gegen das Telefon nicht.

Das Telefon hat, seit ich hier bin, systematisch die spannendsten Stellen bei Fernsehstücken zerhauen (die große Erklärung des Helden, sein Schuldgeständnis, den Mord, der später unerklärlich bleibt) und manches festliche Essen, ehe der Hausherr, der den Puter tranchiert hat, die Sauce nehmen konnte. Den Ansatz zu verständnisfördernden Gesprächen des Ehepaares über seine Kinder. (Nie gingen sie nach dem Anruf weiter.) Sogar Pläne für Ausflüge über ausgebreiteten Autokarten.

Vielleicht habe ich es hier nur deutlicher wahrgenommen, weil das Klingeln nie für mich sein konnte.

Das Telefon ist, wie in einem Anstandsbuch steht, im wahrsten Sinne des Wortes ein un-höfliches Instrument, nämlich das krasse Gegenteil höfischer Gewohnheiten, bei denen eine Kette von Anmeldern dem Eindringenden entgegenstand, ehe er das Ohr des Rezipienten erreichte. Übrigens ist es erstaunlich, wie schnell, oder darf man sagen, wie gern sich der, der den Hörer abhebt, auf das Fremde, das Unerwartete umstellt.

Mrs. Wilmot ist gestorben. Ich habe sie nicht gekannt. Candy meinte, als Nachbarin müsse sie hingehen und ich solle sie begleiten. »Hin« bedeute, so dachte ich, zu ihrer Beerdigung. Ich irrte mich. »Hin« war in einen sogenannten *Funeral Parlour*.

Es war keine Aussegnungshalle, eher ein sehr kaltes Treibhaus mit vielen Gewächsen und Palmen und sehr vielen Menschen. Auf einem geschmückten Prunklager ruhte Mrs. Wilmot, ein Filmstar, alterslos, mit gebläuten Augenlidern, Rouge auf den Wangen. Solche Haut hatte ich zuletzt im Wachsfigurenkabinett von Madame Tussaud gesehen. Es war nur folgerichtig, daß kein ergriffenes Schweigen herrschte, sondern ein raunendes, beifälliges Getuschel; jeder bestätigte jedem, wie schön sie sei. Die Abschiedsfeier hatte etwas von einer Cocktailparty zu Ehren von jemand, der den Cocktail nicht mehr mittrinken kann. Das Schlimmste war die süßliche Musik vom Band.

Ich bekam plötzlich wütendes Heimweh nach meinem Dorf, in dem ich so manche Frau im Alter von Mrs. Wilmot hatte beerdigen helfen. Das Ungeschönte, das Unausweichliche in dem sachlich vorgebrachten »Sie hat's halt nimmer derpackt« seitens der Hauptleidtragenden. Die Männer, den Hutrand immer wieder an anderer Stelle greifend. Die müde gewordene, nun tote Frau, erdfahl und still, wird vom Geistlichen ein letztes Mal mit ihrem Taufnamen angerufen, nachdem sie so viele Jahre lang nur noch d'Muatta oder d'Oma gewesen ist: »Elisabeth, getaufte Seele, kehre heim.« Sie brauchte nicht verschönert zu werden, vielleicht sollte sie es gar nicht werden, damit der Verstand begriff, damit die Augen einsahen, daß sie unter die Erde muß, daß ihre Zeit um ist.

Es fällt schwer, sich Mrs. Wilmot, die dort mit rosigen Bäckchen beinahe lächelt, an den kupfernen Toren bei Petrus vorzustellen, an denen sie möglicherweise vorüber muß.

Hier im eisigen Flüstersalon mit der Wachsfigur wundert es mich zum ersten Mal, daß meine Bilderbuchvorstellungen sich so lange haben halten können, über alle Verluste, alle Schmerzen hinweg.

Ich sehe den kleinen Jungen wieder, der so gut zu Tieren war, ich sehe ihn zu diesen kupfernen Toren hinaufreiten, auf einem alten Klepper, eine einsame, staubige Straße, ich höre das hohle Rauschen der überhohen Bäume an dieser Straße, die sich in den Wolken verlieren und von dem flüstern, was man falsch gemacht oder unterlassen hat. Dabei wird den meisten Hinaufwandernden angst und bange. Die vielen Tiere aber, denen der Junge Gutes getan hat, die gakeln und muhen und zwitschern und übertönen das schaurige Rauschen mit gemeinsamen Erinnerungen.

Erst wenn die hohen Tore aus dem Nebel auftauchen, werden sie blasser und blasser und bleiben schließlich ganz zurück, denn nun ist er angekommen. Ich hatte es immer so logisch und richtig gefunden, daß einen geliebte Schatten ein Stück begleiten. Nur ein Stück.

Der Gedanke an dieses Bilderbuch, das noch immer im Schrank auf dem Bastelboden liegt, lockerte mein erstarrtes Gesicht.

Ich lächelte allen zu, ich drückte die Hände, die Candy vor mir drückte, dann gingen wir.

Die Kerzen waren parfümiert gewesen. Sie verursachten Kopfweh.

Es herrscht begeisterter Jubel, und das Telefon läutet in so kurzen Abständen, daß Candy kaum Zeit fand, mich zu instruieren, um was es ging. Ich glaubte, es sei ein neues Enkelkind unterwegs, aber es handelt sich um etwas, das James auf dem Golfplatz vollbracht hat, ein *hole-in-one*, eine Art Meisterschuß. Dadurch gewinnt er eine Riesenschiffsreise seines Clubs. Candy begleitet ihn. Die Reise muß vor einem bestimmten Datum angetreten werden.

Meine höflichen Gastgeber teilten mir dieses Verfallsdatum zunächst nicht mit, damit ich mich nicht hinausgeworfen fühlte. Dabei bin ich dankbar, wenn ich vorwärtsgeschoben werde, ohne selbst Entschlüsse fassen zu müssen.

Meine Tage hier sind also gezählt. Aber das waren sie ja schon vorher.

Drei Tage vor dem Abflug stand ich nachts auf und rammte mir den eisernen Mittelstützfuß des Riesensessels im Schlafsalon zwischen den vierten und fünften Zeh. Der Fuß schwoll auf das Doppelte seines Unfangs an, und ich verbrachte die für letzte *outings* bestimmte Zeit in der Küche des Apartments, das rechte Bein in einem Kübel heißen Salzwassers. Weisung des Hausherrn.

In einem fremden Haushalt mit einem Bein im Eimer sagt man andere Sachen als am Teetisch. Vielleicht machte auch meine Behinderung und das Näherrücken meiner Abreise uns alle besonders herzlich zueinander.

Ich konnte keinen Schuh mehr anziehen und packte mit Sitzpausen.

James mußte zu einem Ärztetag, Candy fuhr mich zum Flugplatz, an dessen Rand wiederum Palmen raschelten. Der Fuß war immer noch so dick, daß ich mir notdürftig eine ausgeschnittene Badesandale an die Sohle binden konnte wie der Götterbote Hermes. In der Hoffnung, Mitleid und eine bessere Behandlung seitens der Stewardessen zu erwirken, hatte ich mir außen auf den Strumpf eine Art Verband gemacht.

Ich wurde sofort entlarvt von einer teilnehmenden Dame, die mich ansprach und sagte, sie sei gelernte Schwester, und eine solche Bandage habe sie noch nie gesehen.

Amüsiert nahmen Candy und ich vor Exit B 11 voneinander Abschied. Mein fröhlicher Kamerad, meine großzügige Gastgeberin, die einst blauschwarzhaarige Candace Elizabeth und ich waren wieder zwei Kontinente. Wir glaubten einander zu kennen, und doch hatte einer sich den anderen zurechtgelegt nach seinem Gutdünken.

Wir versuchten voreinander zu verstecken, daß wir uns vermutlich nicht wiedersehen würden. Sekundenlang sah ihr Gesicht aus wie das des Schneemanns, wenn er anfängt zu schmelzen. München solle ich grüßen, Bayern, Deutschland. Was sie meinte, war ihre Jugend. Dann lachte sie ein letztes

Mal ihr Gluckerlachen, weil ich die Hoffnung aussprach, daß wir noch einmal zusammenkämen, ehe uns alles ausging: zuerst die Haare, dann die Zähne und schließlich die Themen.

Ich ließ ihre Hand los wie damals das Geländer der Badehütte, als ich schwimmen lernte, und hinkte hinter den anderen Passagieren her.

»Daß du nun außer den vielen Schocks auch noch Wunden heimbringst . . .« rief sie mir nach.

Als der Vogel abhob, glaubte ich sie noch drunten stehen zu sehen, die sich längst durch den riesigen Parkplatz zu ihrem Wagen zurückkämpfte. Ich hatte ihr nicht richtig gedankt, nur so, wie die Erziehung es vorschreibt, und das war zu wenig. Sie hatte mir vieles gezeigt, das sie für wichtig hielt und mir nicht wichtig war, und mir eine Erkenntnis geschenkt, von der sie nichts wußte: Wie wenig Freundschaft für einen anderen tun kann, wenn er in seinen Schmerz eingewickelt ist wie in einen Kokon, und daß man es trotzdem tun soll.

Mit Candy versank ein Kontinent tausendfältiger Möglichkeiten, bizarrer Schönheit, eine Welt von Wissenschaft und Kultur, die ich nicht gesehen hatte. Nicht weil Amerika mir, sondern weil ich Amerika etwas schuldig geblieben war.

In den aufregenden Minuten, in denen man fest in seinen Sitz gepreßt wird und früher die meisten Flugzeugunglücke passierten, erstand wieder, wie das Bild im geschüttelten Kaleidoskop neu zusammengesetzt, das Amerika meiner früheren Vorstellung, unversehrt, unversehrbar.

Schon schossen in meinem Kopf die Erlebnisse zu Worten zusammen, zu Wendungen, mit denen ich sie meinem Sohn schildern wollte, origineller, bunter als die Wirklichkeit, und feuilletonistisch verzerrt.

Kennedy Airport in New York war diesmal wesentlich schmutziger als damals bei meiner Ankunft in den frühen Morgenstunden.

Nach der Gepäckaufgabe hatte ich noch zwei Stunden übrig, für meinen wehen Fuß und meine Verlorenheit zu lang, für eine Taxifahrt *downtown* zu kurz.

»Fremd bin ich eingezogen, fremd zieh ich wieder aus . . .« Ich glaube, es ist Schuberts *Winterreise*.

In der Abfertigungshalle stank es, aber an die frische Luft hinauszugehen war sinnlos, denn es gab auch hier keine. Warmer Brodem von Autoabgasen stand zwischen Betonmauern, und hoch darüber hing ein Mond, weiß, stumpf und rund wie eine riesige Aspirintablette.

Trübselig tat ich ein paar Schritte hierhin und dorthin. Ein junger schwarzer Porter sah mich heranhumpeln, schob die Mütze auf den Hinterkopf, stieß sich ein wenig von der Wand ab, an der er lehnte, und sagte munter: »Na, Schätzchen, hab ich dir nicht immer gesagt, *football* ist ein Spiel für Männer!«

Er wertete den ganzen Kennedy Airport auf.

Wir hoben pünktlich ab.

Die Art, wie die Luft im Inneren eines Flugzeugs

zirkuliert, unterliegt geheimnisvollen aerodynamischen Regeln. Vor mir saßen Jünglinge, die sich ungefähr seit Ostern den Kopf nicht gewaschen hatten, und ihr Haarbodendunst zog um die Sitzlehnen herum zu mir – es gab kein Ausweichen.

Der Fuß, den ich wegen der Enge nicht hochlegen konnte, schwoll immer mehr an und tat sehr weh, doch die im Dunklen versinkende, mit goldenen Lichtfunken gepunktete Küste glich alles wieder aus.

Sonderbar, alles Poetische, das einem einfällt, wenn man aus Höhen von über 2000 Meter hinunterschaut, scheint plausibler als drunten auf der Erde und nicht ausgefallener als »Die Notausgänge befinden sich zu beiden Seiten«.

Nun ist nur noch Schwärze oben und Schwärze unten, wo vielleicht der Atlantik liegt. Bis auf das brummende Vibrieren stehen wir still in der Luft, wie in dem kosmischen Raum, in dem die irischen Dichter ihre Dramen ansiedeln, ihre Höllenstürze der Verdammten, ihre Engelrevolutionen.

Ich sollte verzweifelt sein bei dem Gedanken, in ein leeres Haus, in ein leeres Leben zurückzukehren. Ich bin es nicht. Etwa dort, wo das Tischchen mit dem extrem schlechten Imbiß mir gegen den Magen drückt, breitet sich eine Wärme aus, die der Vorfreude auf ein geliebtes Wesen nicht unähnlich ist. »Europa.« Ich habe den Namen laut vor mich hingesprochen. Die Sitznachbarin hat es glücklicherweise nicht bemerkt.

Erinnerungen kommen nicht chronologisch und sie werten nicht. Sie tauchen auf, wie sie wollen.

Etwa Flandern bei Regen, die beim Pflügen gefundenen deutschen Stahlhelme auf den Kilometersteinen am Wege. Der Platz aus dem Mittelalter, dessen Kopfsteinpflaster glänzte wie die Rücken lackierter Kröten. Die singenden Farben des Altarbildes der Brüder van Eyck in Gent. Die Ebene, die so weit und so flach war, daß Kühe darin zum Ereignis wurden, zu Schiffen aus Leder, die langsam dahinzogen.

Oder auch Frankreich, der sanfte Riesenpark, in dem die Hirten ihren Hunden Flußnamen geben, weil auch Wasser einen schützend umkreist. Die Mauerkrönung von Aigues-Mortes inmitten des versiegten, des ausgetrockneten Meeres, auf dem einst Ludwig der Heilige nach Jerusalem segelte. Und seine Kathedralen mit den Fabeltieren auf dem Dach, die alle Ängste und Zweifel der dunklen Gotik nach draußen speien.

In den Ländern des geharzten Weins, wo der Gottessohn in der flammenden Mandel regiert, segnet man noch immer ein neues Haus mit einem Zweig des Baumes, der schon in der Antike heilig war.

Die Welt, die mir untergegangen zu sein schien, sie existiert weiter am gleichen Ort. Die in fettiges Schwarz gekleideten Frauen von Positano erklimmen barfuß die langen Treppen vom Meer hinauf. Die Boote, die aufgemalte Augen haben, damit sie im Dunklen heimfinden, dümpeln immer noch im nach Jod riechenden Wasser. Die Grabsteine mit den hebräischen Zeichen in Prag neigen sich zueinander, als wollten sie miteinander flüstern. Noch immer stützt sich die in Tüll gehüllte englische Lady im großen Hut graziös auf den Arm ihres mit Jagdgewehr bewaffneten arroganten Ehemanns, und im dunklen Wasser, in dem die Sterne schlafen, treibt mit ihren Blumen die bleiche Ophelia.

Überall dorthin kehre ich zurück. Überall dorthin führt Michael mich ›heim‹, wie er mich schon einmal heimgeführt hat.

Im Sinnieren (auch dieses Wort stirbt aus) und im Fassen neuer vager Vorsätze (»Laß mich die Leier heben unter Schatten« wie Rilkes Orpheus) stört mich die Sitznachbarin. Sie hat sich ein Strickzeug vorgenommen. Die Nadeln sind sehr lang und stupsen mich in unregelmäßigen Abständen mahnend und zudringlich in die Seite. In ebenso unregelmäßigen Abständen entschuldigt sie sich. Ich schmiege mich bereits so eng an die vibrierende Flugzeugaußenwand, daß ich von vorn aussehen muß wie der Horcher an der Tür.

Ist es schon lange so grau? Seit wann dämmert der Tag? Drunten ist alles dunkel, und dorthin tauchen wir hinab. Wir zwischenlanden auf Island im Flughafen Keflavik. Das Neonlicht strahlt grell in verschlafene, zerknitterte Gesichter. Die Passagiere wollen sich alle die Beine vertreten und besehen die in der Ankunftshalle ausgestellten Eisbärpelze, Eisbärdecken und mit roten Bändern verschnürten hohen Fellstiefel, die man sich in jeder normal zentralgeheizten Wohnung sofort vom Leibe reißen würde. Alles kommt mir hier noch teurer vor als in den elegantesten Boutiquen der Fußgängerzone einer deutschen Großstadt, aber vielleicht bin ich nur zu müde zum korrekten Umrechnen.

Der Wind ist feucht, nicht sehr kalt und leckt einem durchs Gesicht wie ein Hund. Ich stelle mir vor, statt hier herumzustehen, überflögen wir Island und blickten in die glühenden Eingeweide der Krater, sähen den Dampf, mit dem man ganze Städte heizt, ein Wunschtraum für uns, die wir es mit der Wärme so schwer haben.

Gott sei Dank hat man inzwischen das Flugzeug gelüftet.

Die Nachbarin ist eingeschlafen, und ich stelle meine Uhr um. Die Zeit heißt jetzt halb sechs. Bald wird man uns Frühstück geben. Die Wolken hoch oben sind schon in der Sonne.

Goethe erwähnt, er gedenke »seinen Freunden bereichert zurückzukehren«. Ein schöner Plan, aber unhaltbar. Meine Freunde kennen Amerika weit besser als ich und von interessanteren Seiten. Außerdem ist ihr Leben so randvoll, daß sie nicht einmal Zeit fänden, meine Schilderungen anzuhören. Die Bereicherung muß anderswo liegen.

Drunten auf der Erde sieht man wieder etwas, und so schlecht der Kaffee auch war, er weckte doch genügend für ein Überdenken, für eine Inventur.

Was mir nicht gehört hat, hat mir gehört: alle Häuser, in denen ich im Traum gelebt, alle Landsitze, in die ich beim Überfliegen von oben hineingeschaut habe, alle Gegenstände in den Museen, die mich durch das dicke Panzerglas unüberhörbar laut angerufen haben.

Je näher wir Deutschland kommen, desto mehr rükken meine Freunde in mein Gedächtnis wie aufziehende Sternbilder. Viele von ihnen wohnen in München, und das belebt mir die Stadt wieder, in der ich geboren und zur Schule gegangen bin. Ihre Adressen leuchten vor meinem inneren Auge auf wie die Lämpchen auf einem Stadtplan.

Wir hören oft lange nichts voneinander. Wir rufen uns nicht an und fragen: »Wie habt ihr das Wochenende verbracht?« Oder »Regnet es bei dir auch so?« Es ist nicht nötig.

Manchmal beneide ich sie darum, daß sie Krieg und Kriegsende miteinander erlebt haben, daß jeder weiß, wann die Kinder des anderen geboren sind, daß sie die in Schutt und Asche liegende Königliche Residenz gemeinsam wieder aufgebaut haben, daß sie zueinander gehören und sich bei festlichen Anlässen so über das Wiedersehen freuen und einander so viel mitzuteilen haben, daß der Beginn von Vorführungen anfangs fast als Störung empfunden wird.

Sie sind sehr klug mit mir umgegangen, als ich noch wie ein Kork auf dem Wasser der Verzweiflung trieb. Sie drängten mich nicht, sie nötigten mich zu nichts, sie mischten sich nicht ein. Sie fragten nicht, wie es mir ginge. Sie wußten es. Aber sie schrieben: »Ruf uns an, iß mit uns, und wenn du kannst, lach mit uns.« Wenn ich mich zu einem Anruf durchgerungen hatte, sagten sie: »Es ist schön, wenigstens deine Stimme wieder zu hören«, was mich anspornte, gefaßter zu werden. Sie ließen ihre Hunde Briefe an mich schreiben, denn als Rauhhaardackel sagen sich Sätze leichter wie: »Schau, daß du wieder auf die Pfoten kommst und eine kalte Nase kriegst.«

Eine Freundin, die bei mir im Dorf wohnte (eine der wenigen, die ich mich früh um drei anzurufen getraue), nahm in den ersten Monaten nach meinem Alleinbleiben an der gleichen Stelle des Bahnhofs der Kreisstadt Aufstellung, an der mich Michael nach meinen Reisen erwartet hatte, und fuhr mich nach Hause. Die fürchterliche Heimkehr war entschärft. Ein mir zugetanes, lebendiges Wesen stand zwischen dem Fremden und dem Fremdgewordenen. Eine andere ließ mich Filmtexte übersetzen, rief mich nach München und zwang mich, am Schneidetisch zu kontrollieren, ob die deutschen Texte nicht zu lang geworden waren. Es hatte sonderbaren Symbolcharakter, im dunklen Zimmer vor einem kleinen Bildschirm zu sitzen, auf dem sich überfarbig und überdeutlich alles Sichtbare zusammendrängte, und durch Tastendruck das Geschehen beliebig vor- und rückwärts laufen zu lassen wie eine Schicksalsgöttin. Ehrgeiz und Korrektheit waren aufgerufen, ich wollte es so gut wie möglich machen, und Schulmädchengefühle verdrängten vorübergehend alle Trauer.

Eine andere Freundin traf ich im Winter in der Bahn. Sie fragte mich, ehe wir uns trennten: »Was genau machst du jetzt, wenn du heimkommst?«

»Den Weg zum Gartentor ausschaufeln«, sagte ich wahrheitsgemäß, denn der Schnee lag hoch. Ehe der Zug mit mir wieder anruckte, trat sie nochmals unter das Abteilfenster: »Vergiß nicht«, sagte sie, »jedes Mal ein bißchen breiter auszuschaufeln, damit deine Freunde zu dir können.«

Es gab noch eine Menge auszuschaufeln.

Wieso sah ich all das auf dem Heimweg anders. Hatte ich falsch gewertet? Hatte ich bockig darauf bestanden, auch noch so gute Freunde seien kein Ersatz für ein Leben mit Michael? Sie wollten ja keiner sein, hatten es sich keinen Augenblick angemaßt. Vielleicht würde sich sogar eines Tages mein Wunsch legen, ihnen nachträglich meinen Verlust deutlich zu machen, sie dahin zu bringen, in mir nur einen von zweien zu sehen und hinter meinen Worten auf Michaels Stimme zu horchen.

Fast wie in meinen Alpträumen war es unmöglich, Mami von der ersten Station auf deutschem Boden anzurufen. Der Telefonapparat wollte die Münzen nicht nehmen, und auf dem einzigen anderen Bahnsteigtelefon redete ein Mann einem weiblichen Wesen namens Muschi erregt zu, doch zu ihm zurückzukehren. Das war nun wirklich wichtig. Zum Postamt vis-à-vis vom Bahnhof schaffte ich es in der kurzen Umsteigezeit nicht mit dem geschwollenen Fuß.

Draußen war Herbst, der Sommer war eines natürlichen Todes gestorben, die Ebereschentrauben wurden schon heller und fahler und leuchteten nicht mehr.

Ich hatte früher die Drähte so gern gehabt, die mit der Bahn mitliefen, ihr ruckartiges Wechseln, ihr Entschweben und Herabsinken. Hatte es sie überhaupt gegeben?

Mein Oberbayern nähert sich. Es schickt mir bereits Voraustruppen entgegen.

Zwei Männer stiegen ein, zwischen jung und alt, im Feiertagsgewand, die Hosen ein bißchen zu eng, Charivari an der Uhrkette, gebündelte Schweinsborsten in Pinselform auf dem Hut. Auch sie fuhren heim, offenbar von einer Beerdigung kommend. Sie sprachen einem Freund den Nekrolog in den sparsamen Umschreibungen, für die das Bayerische sich so gut eignet.

»Mei, a Hund war er scho, der Schorschl . . .«

Pause.

»Wenn ma denkt, gel . . .«

»Und auf'n Schlag aus und vorbei . . .«

»Schad'is. A G'wappelter war er, a ganz a G'wappelter . . .«

Pause.

Dann fing der eine, ersichtlich noch im gleichen Gedankengang, wieder an.

»Pfrau is ja da ganz anders. Die is mera vo obn runter, hoaßt's . . .« (Womit nicht Herablassung gemeint ist, sondern eine norddeutsche Herkunft.)

»Woaßt du, wann mir in Minka san?«

Auch ich überlegte gerade, wann ich in München sein würde. Und in welchem meiner vielen erlebten München. Nicht mehr dem Schwabing meiner Kindheit mit den leeren Straßen und seltenen, langsam dahinrollenden Bierfuhrwerken und vielen Radlern, in dem ich an der Hand der Kinderfrau selig dem Karussell im Englischen Garten zustrebte. Nicht mehr der Stadt, die ich Michael so voller Stolz gezeigt hatte. (»Ich schenk dir zum Geburtstag eine Stadt voller Schönheiten und Originale«, und mein Programm reichte damals von Albrecht Altdorfers *Alexanderschlacht* in der Pinakothek bis zum Besuch bei Franzi und Ernstl Hoferichter.) Es bestand Hoffnung, daß es auch nicht das München nach Michaels Tod sein würde, in dessen Straßen es eisig zog, ich nirgends hinwollte, nur fort, und man wieder Trambahnen und Busse benutzen mußte, statt unseres Wagens.

Etwa ein halbes Jahr nach Michaels Tod stand ich bei der Uni ungefähr dort, wo ich mich so oft mit ihm verabredet hatte. Er hielt dann kurz und nahm mich im fliegenden Start zur Weiterfahrt auf. Auch jetzt hielt ein Wagen wie der seine plötzlich neben mir. Das Gefühl des Nie-Wieder überfiel mich mit solcher Gewalt, daß ich fast ohnmächtig geworden wäre.

»Is Eahna schlecht worn?« fragte ein Passant.

Nur weg von der Straße, dachte ich, irgendwohin, wo du mit jemand ein paar Worte wechseln kannst, dann geht es vorüber. Entschlossen strebte ich dem Priesterseminar zu. Dort wußte ich einen Bekannten, einen geistlichen Herrn. Ich hatte ihn lange nicht gesehen, vermutlich war er gar nicht da, sondern wieder einmal in Rom. Und wenn er da war, kannte er mich vielleicht nicht mehr. Doch schon die Haushälterin begrüßte mich freundlich und führte mich in das überhohe Zimmer mit den Regalen voller Kirchenväter.

»Wie gut, daß Sie kommen«, sagte der alte Herr und wandte sich mir von einem Stehpult aus zu. »Ich möchte nämlich, daß Sie mir ein Lied zum Lobe Gottes schreiben. Aber es muß gut singbar sein.«

»Ich?« fragte ich. »Ausgerechnet ich. Und ausgerechnet jetzt?« und suchte nach meinem Taschentuch.

»Ja, gerade Sie«, sagte der alte Herr und klingelte nach Kaffee.

München hatte gesprochen. München, die Stadt der außergewöhnlichen Zufälle und Kuriosa.

Wie auch der Taxifahrer, der mich einmal zum Hauptbahnhof fuhr. Ich weinte während der ganzen Fahrt, weil ich glaubte, niemand sähe es. Als er mir den Koffer beim Seiteneingang aufs Trottoir stellte, war er in Verlegenheit. Meinen Zustand zu übersehen, war er nicht herzensroh genug; ihn zu beurteilen, kannte er mich zu wenig. Er wählte den Mittelweg des allgemeinen Menschlichen. »Ja, ja«, sprach er, »im Leben kommt allerhand vor. Und gute Reise.«

Es wird schon wieder dunkel, und die vorüberfahrenden Bäume ragen so groß und still in den Nebel wie Vorboten von etwas Schlimmem.

Schon fährt der Zug durch Orte, an denen er nicht hält, die ich aber dem Namen nach von Vorlesereisen kenne. Es ist nicht schön, an diesen Bahnhöfen anzukommen und seinem Gesicht auf einem Plakat zu begegnen. Aus dem fremden Hotel einer fremden Stadt holt einen ein fremder Mann ab und bringt einen in einen Saal, in dem fremde Menschen auf einen warten. Jemand führt einen mit ein paar Worten ein, und man bekommt Zweifel, ob man die ist, von der er spricht. Das Herz schlägt einem so heftig, als hätte man Uhren in beiden Schläfen, und wenn man erst liest, hält man den eigenen Text für zu geringfügig, um alte, gebrechliche Damen wie die beiden in der vordersten Reihe aus fernen Vororten herbeigelockt zu haben.

Früher konnte ich danach nachts zu Hause anrufen und mich von Michaels Stimme wieder ein-norden lassen. Das war vorbei.

Im Märchen von der klugen Else der Brüder Grimm, dieser schrecklichen Darstellung der Schizophrenie, heißt es zum Schluß: »Da klopfte die kluge Else daheim ans Fenster und fragte: ›Ist die Else daheim?‹ Und ihr Mann antwortete: ›Ja, die ist daheim.‹ ›Dann bin ich's nicht, dann bin ich's nicht‹, rief die kluge Else und lief in die Welt hinaus.«

Die zwei bajuwarisch gekleideten Männer stiegen aus und um. Ich sah ihnen nach. Sie hatten den schweren Schritt von Landbewohnern. Wo mochten sie zu Hause sein? In einem alten Hof, in dessen breitem Gang eine Ehrenurkunde für besonders schöne Balkonbepflanzung hängt? In einem jagdlichen Haus mit Erkertürmchen, in dem aus getünchten Wänden Gehörne brechen und sich auf dem Kachelofen ein ausgestopfter Fuchs den Hintern wärmt? Oder schon in einem Reihenhaus, eingerichtet in einem Un-Stil?

Als es ganz dunkel geworden war, fuhren wir in den Bahnhof ein, über dem früher einmal in Riesenlettern Chlorodont stand. Hier, auf dem Bahnsteig, der damals Perron hieß, erwartete mich Papa, in der Westentasche nach der Uhr angelnd, um zu kontrollieren, ob der Zug auch pünktlich war. Hier kam ich an, nach meinen vielen Reisen, in die Ferien, zu Weihnachten, aus fernen Ländern. Unfähig, das Wichtige vom Unwichtigen zu unterscheiden, fast zersprengt von allen inzwischen gemachten Erfahrungen, schnatterte ich im Taxi auf Papa ein, bis in die Wohnung in der Elisabethstraße mit ihrer Musik und ihrem Geruch nach Ölfarben und Bohnerwachs. Und dort wartete Mama.

Hier, von diesem Bahnsteig, brach ich auf, um die größte Schauspielerin der Welt zu werden, um den Premierminister von England zu heiraten, oder wenn das nicht, auf andere Weise in die Welt der livrierten Diener, der Brillantentiaras und herrlichen Nachtlokale vorzustoßen, die in den Filmen der Ufa und Tobis so verlockend aussahen.

Noch im gleichen Leben trat ich aus diesem Bahnhof und erblickte eisig erschrocken durch hohle Fensterwände und brandgeschwärzte Ruinen unvermutet nah die Frauentürme. Damals war es ein Wunder, daß überhaupt noch Züge den Bahnhof wieder verließen, daß sie zwischen den zerstörten, aufgerissenen Gleisen noch wußten wohin.

Nun kam ich wieder dort an, spät am Tage, spät

im Leben. Schon kann ich die fernen Reklameleuchtschriften jenseits des Bahnhofsplatzes nicht mehr lesen, mein Gang mit Koffer ist langsamer geworden (dabei tut auch der Fuß wieder weh), in meinen Gelenken haben sich Kristalle gebildet.

In der großen Schaufensterscheibe des Blumenkiosks erkenne ich meine Ähnlichkeit mit einer Tante, die mir nicht übermäßig sympathisch war, und hinter dem Glas stehen die Sträuße mit den herrlichen Rosen, die auf der Bühne überreicht zu bekommen ich einst gehofft hatte. (Sie werden jetzt in durchsichtiges Plastik verpackt und sind nicht mehr so schön.)

Nein, ich werde nicht nochmals in München übernachten, wie ich plante. Ich werde durchfahren, auch wenn ich dann zu einer Zeit in der kleinen Kreisstadt ankomme, die man in Amerika als *the small hours* bezeichnet, obwohl sie sich, liegt man in dieser Zeit wach, zu etwas Ungeheuerlichem aufblähen. Taxis, so heißt es, sollen jetzt die ganze Nacht dort vor dem Bahnhof stehen.

Müdigkeit und nervöser Überdruß haben mich befallen. Ungefähr so muß dem Riesen Antäus zumute gewesen sein, wenn ihm die Kraft ausging, die er durch Berührung mit der Erde wiedererlangte. (Herkules mußte ihn ja deshalb in der Luft erwürgen.)

Ich will heim.

Ich kann Mami jetzt nicht anrufen, obwohl ich Sehnsucht nach ihrer Stimme habe. So spät abends regen Telefonate sie auf und dann kann sie schlecht einschlafen.

Bei meinem Sohn meldet sich ein Automat, immerhin mit meines Sohnes Stimme. Er selbst ist hoffentlich mit interessanten Menschen zusammen und nicht im Krankenhaus. Warum sollte er?

Wie haben wir früher über Mama gelacht, die bei jeder nicht eintreffenden Nachricht – ich hatte sie verwöhnt, war ein treuer regelmäßiger Nachrichtengeber gewesen – gleich immer das Schlimmste annahm. Nur an der Datierung »Montag, ganz früh« in ihren Briefen war die Szene abzulesen, die sich abgespielt hatte. Papa, unendlich leise, um sie nicht zu wecken, vom Atelier die Treppe herabkriechend, erstaunt, im Wohnzimmer Licht und Mama am Schreibtisch vorzufinden. »Aha«, pflegte er zu sagen, »du mußt mal wieder deine Tochter retten, wie ich sehe.« Bruder Leo war es gewesen, der seinerzeit gegen diesen liebevollen Terror revoltierte, als wir im Häusl in Seeham saßen, Mama aber im Ausland war und von dort telegrafierte: »Drahtet Befinden. Mama.«

Leo holte sich mehrere Telegrammformulare, füllte sauber Absender, Adresse und »Leitweg« aus und wählte folgende Texte: »Haus will nicht brennen. Stop. Herzliche Grüße.« Oder aber: »Haben Knollenblätterlinge gegessen. Stop. An der Karpfenwand Massengrab für zehn Jahre gepachtet.«

Mama lernte es trotzdem nie, ihre nagenden Sorgen um uns für sich zu behalten. Ich verschwieg die meinen wenigstens.

Der automatische Anrufbeantworter forderte mich auf, nach dem Piepston eine Botschaft zu hinterlassen.

Was für eine Botschaft hinterläßt man einem Sohn, während eine verjaulte, unverständliche Stimme den Zug auf Gleis 17 ankündigt, in den Nebentelefonzellen Vertreter in immer neuen Anrufen um ein Hotelzimmer kämpfen und Türken lautstark ihre Großfamilien zusammenführen?

»Ich bin wieder da«, sprach ich hastig auf das Band und war nicht sicher, ob ich nicht etwas Bedeutungsvolles geäußert hatte. Ich werde da sein, wenn mein Sohn kommt und fragt, wen die Miniatur rechts oben im Eckschrank darstellt und wo das Buch im roten Einband hingekommen ist, das früher im Balkonzimmer stand.

Es wird vielleicht noch eine Weile dauern, aber kommen wird er. Er wird den Zaun am Schuppen reparieren und mich bitten, die Namen der Verwandten und Bekannten unter die Fotos in den alten ledergebundenen Alben aus Rußland zu schreiben. Auch ich weiß sie nicht mehr alle. (»Wer von niemand überlebt wird, ist umsonst hier gewesen.«)

Mein Zug ist schon bereitgestellt, aber noch dunkel. Während fröhliche Fahrgäste mit ihren Tüten und Paketen einsteigen, zufrieden nach vollbrachten Besorgungen, sitze ich zwischen Wachen und Schlaf in der Ecke und beginne das letzte, das längste Stück meiner Reise nach Providence.

Ich komme weniger arm wieder, als ich ausgezogen bin.

Mein Dorf wird mich wieder aufnehmen, und schon nach dieser kurzen Abwesenheit wird es nicht mehr das gleiche Dorf sein. Damit meine ich nicht die Verunstaltungen des Tourismus, die ihm langsam, aber sicher seinen Charakter und seinen Charme nehmen. Ich komme ja nachts an, da sieht man sie nicht. Das Dorf hatte mir seinerzeit Teilnahme bekundet, auf die verschiedenste Art, teils direkt, teils hinter meinem Rücken. »Dös schafft ja die nia. Laßt's ihr nur ja koa Luft, daß's net oiwei a so hindenkt«, hieß es, oder aber auch »Die werd' scho wieder, laßt's ihr nur grad Zeit.« Beides richtig, beides falsch. Oder auch zusammenfassend: »Was moanst denn, daß dös für a Ehe g'wesen is: *jeden Tag* san's miteinand'auf d'Post, zwanz'g Jahr lang.«

Auch Ratschläge waren mir zuteil geworden. »Muaßt oiwei auf des denga, Dirndl: wie der Meinig' g'storm is, ham ja mir zwanzgtausad Mark Schulden ghabt. Aber dir hat ja dei Mann was gebooooten (es waren mindestens drei o in dem Wort). Sigstes, und von dem zehrst jetzt!«

Neu zugezogene Norddeutsche kamen und sagten: »Jetzt können wir es Ihnen ja gestehen, wir haben Sie immer beneidet.«

Die Artigkeit verbot, darauf mit »Dazu hatten Sie auch allen Grund« oder aber mit dem verzweifelt-ungezogenen »Was kauf ich mir jetzt dafür« zu erwidern.

Der Postmeister aber sagte kein unnötiges Wort, blickte über mich hinweg wie der Löwe durchs Gitter und rief, wenn ich wieder zu Hause war, an: »Suchen Sie nicht lange, Ihre Hausschlüssel und Ihr Portemonnaie sind hier bei mir liegengeblieben. Die eiden falsch frankierten Briefe habe ich postfertig emacht und abgehen lassen. Sie schulden mir einsiebzig.« Das war wohltuend.

Diesmal wird alles anders sein, in den Alltag eineordnet, eingeebnet. Niemand wird mich mehr lieevoll ermahnen, doch nach einem Jahr das Trauerchwarz abzulegen, niemand mir mehr Immortelengebinde mit schwarzer Schleife für sein Bild brinen, die ihn unter die Toten einordnen, wohin er icht gehört, so lange ich lebe. (»Schalom, sei seine eele gebunden im Bündel der Lebenden« steht auf inem jüdischen Grabstein.) Manchmal wird noch iner fragen, wie lange ich schon allein bin, verwunert, daß es nicht immer so gewesen ist. »Was, ist as schon so lang her?«, wird man sagen und nicht hnen, daß ich sein Leben fortsetze und nicht meies, weil sie sich so ähnlich sehen. Aus meinen Auen wird er im kommenden Winter die aprikosenarbenen Abendhimmel sehen, die wie das Nordicht gewaltige Protuberanzen nach allen Seiten chicken, wenn der Föhn hineinfährt; wird die chwäne sehen, die unvermittelt den See verlassen ind in der Dämmerung mit sausenden, klingenden lügelschlägen landeinwärts fliegen, zu irgendwelhen Flüssen.

Am Gartentor, wenn das Taxi umgekehrt ist, vird mit schwarzen Fenstern das Haus daliegen, das ür wenige Sommerwochen gebaute, dessen Nutungsdauer nach Schätzung der Behörden in weniten Jahren abläuft. Man wird die Linde nur ahnen, die Bruder Leo einst einstampfte mit den Worten »Mal sehen, vielleicht wächst sie« – heute eine riesige dunkle Welt voll im Herbst verlassener Vogel nester. Der Wind wird den unvergleichlichen Wei den- und Schlammdunst herantragen, in dem ma noch ein bißchen von den Gletschern und Gebirgs bächen riecht, die den See speisen, und das Gegake wach werdender Enten wird zu hören sein, das wi höhnisches Gelächter klingt. Es ist aber keines. Di Natur ist nicht hämisch, nur gleichgültig. (»Di Nacht kommt, voll mit Sternen und wohl wenig be kümmert um uns . . .« Ist es nicht Hölderlin?)

Als erstes werde ich den Kachelofen heizen. Da Feuer wird krachen und lärmen, als müsse es Kiesel steine zermahlen, und das sich erwärmende Hau wird sich mir um die Schultern legen wie ein Mantel